世界名人经典演讲词

JINGJING XIAOYUAN
JINGPIN DUWU
CONGSHU

SHIJIE MINGREN
JINGDIAN YANJIANGCI

本书编写组 ◎ 编

人生有涯而学海无涯。学子以有限的人生通晓万物是根本不可能的，但校园之中采英撷要，广见识，记精要，不失为精明学子为学之道。

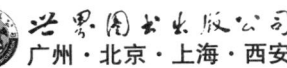

世界图书出版公司
广州·北京·上海·西安

图书在版编目（CIP）数据

世界名人经典演讲词/《菁菁校园精品读物丛书》编委会编 .—广州：广东世界图书出版公司，2009.5（2024.2 重印）

（菁菁校园精品读物丛书）

ISBN 978-7-5100-0631-9

Ⅰ. 世… Ⅱ. 菁… Ⅲ. 演讲-世界-选集-青少年读物 Ⅳ. I16-49

中国版本图书馆 CIP 数据核字（2009）第 072297 号

书　　名	世界名人经典演讲词
	SHIJIE MINGREN JINGDIAN YANJIANGCI
编　　者	《菁菁校园精品读物丛书》编委会
责任编辑	吴怡颖
装帧设计	三棵树设计工作组
出版发行	世界图书出版有限公司　世界图书出版广东有限公司
地　　址	广州市海珠区新港西路大江冲 25 号
邮　　编	510300
电　　话	020-84452179
网　　址	http://www.gdst.com.cn
邮　　箱	wpc_gdst@163.com
经　　销	新华书店
印　　刷	唐山富达印务有限公司
开　　本	787mm×1092mm　1/16
印　　张	10
字　　数	120 千字
版　　次	2009 年 5 月第 1 版　2024 年 2 月第 12 次印刷
国际书号	ISBN 978-7-5100-0631-9
定　　价	48.00 元

版权所有　翻印必究

（如有印装错误，请与出版社联系）

前言

有人说：读书"足以怡情，足以博彩，足以长才"，使人开茅塞、除鄙见、得新知、养性灵——因为书中有着广阔的世界，书中有着永世不朽的精神，虽然沧海桑田，物换星移，但书籍永远是新的。所以，热爱读书吧！像饥饿的人扑到面包上那样，热爱读书，阅读撼人心弦的高贵作品，亲炙伟大性灵的教化，吸收超越生老病死的智慧精华，把目光投向更广阔的时空，让心灵沟通过去和未来、已知和未知。

世纪老人冰心说过："读书好，好读书，读好书。"这是一句至理名言。读一本好书，可以使人心灵充实，使人明辨是非，使人有爱心和文明行为、礼仪规范；而读一本坏书，则使人心胸狭窄、不知羞耻、自私残暴。

为什么而读书呢？一是为读书而读书，没有明显的目的；二是为了考上一所好大学；三是为了古人所说的"修身养性"；四是为了中华民族的伟大复兴。在这四种人中，第一种人是最可怜的，因其无理想、无奋斗目标，"不是我想读书，是父母硬要我来读书的"。没有理想的人就如无源之水、无本之木，其生命之泉将提前枯竭，留在世上的只是一堆行尸走肉罢了。在青少年时代就没有人生理想，这是最可怕的。我们要坚信，明天的失败都是由于今天不努力。第二种人目标明确，父母花了大价钱将其送进中学，就是为了考个好大学，将来混个好前程，这种人个人的算盘打得好，挺"现实"的——古人所说的"书中自有黄金屋，书中自有颜如玉"，应该是这类人的追求目标。第三种人读书，是为了"修身养性"。我国儒家曾把人生奋斗的目标定为三个层面七个字——"修身、齐家、平天下"。所谓"修身"，就是陶冶个人情操、培养个人品质，做社会的一个优秀分子；所谓"齐家"，就是说管理好家庭（甚至家族）；所谓"平天下"，就是说你若能"修好身、齐好家"，那么就把你的才华用来治理社会，为社会做贡献。"修身"是儒家人为自己定的最基本的人生标准。这种境界也是相当不错的。第四种人读书，乃为立志成

为社会的栋梁之材。事实证明,读书决定一个人的修养和境界,关系一个民族的素质和力量,影响一个国家的前途和命运。一个不读书的人、不读书的民族,是没有希望的。

  约一个世纪以前,有一位单瘦的学生在回答老师为什么而读书的时候,充满自信地说出"为中华之崛起而读书"的誓言,并用毕生心智去实现他的诺言,赢得了全中国乃至世界人民的敬重——他,就是我们敬爱的周恩来总理。

  亲爱的同学,若你热爱生命的话,那就认真读书吧!书籍是全人类智慧的结晶、是人类进步的阶梯,书籍可以帮助你跟上时代的步伐。"半亩方塘一鉴开,天光云影共徘徊。问渠哪得清如许,为有源头活水来。"通过读书,可以让你掌握知识、增强本领、敢于创新,可以给你智慧、勇敢和温暖,可以使你成为知识的富翁和精神的巨人,成为我们伟大祖国21世纪的高素质的建设者。

目 录

最后的辩护 …………………… 1
非战胜，决不离开战场 ………… 2
真理面前半步也不后退 ………… 4
在接受宗教裁判所审判时的演说
　………………………………… 5
地球在转动 …………………… 7
不自由，毋宁死 ……………… 9
向战士们发布的动员令 ……… 11
勇敢些，再勇敢些 …………… 12
让我们前进吧 ………………… 13
捍卫和平 ……………………… 14
让更多的人幸福 ……………… 16
我为人人 ……………………… 18
自由！幸福！ ………………… 20
巴尔扎克葬词 ………………… 25
我愿为正义付出生命 ………… 27
解放奴隶宣言 ………………… 28
真实与感情 …………………… 29
我们丧失的诚实 ……………… 30
理想的生命 …………………… 34
镭的发现和对镭的担忧 ……… 36
坚定的人创造生活 …………… 40
是自然主义还是理想主义 …… 42
爱国要培养完全的人格 ……… 45

科学万岁 ……………………… 48
为和平祈祷 …………………… 50
庶民的胜利 …………………… 50
论不合作 ……………………… 52
关于国际联盟 ………………… 55
向生命中一切的青春举杯 …… 58
在黄埔军校开学典礼上的讲话
　………………………………… 60
英国人和美国人 ……………… 62
无声的中国 …………………… 64
文艺与政治的歧途 …………… 68
北大之精神 …………………… 72
不要抛弃学问 ………………… 74
对美国人民的声明 …………… 75
我们将越战越强 ……………… 76
热血、辛劳、眼泪和汗水 …… 79
谁说败局已定 ………………… 80
论合众国的作用 ……………… 81
捍卫我们的自由、荣誉和祖国
　………………………………… 88
一个遗臭万年的日子 ………… 90
战争会造就英雄豪杰 ………… 92
在"密苏里"号战舰受降仪式上
　的演说 ……………………… 93

在日本投降时发表的广播演说 …………………………… 94
诺贝尔文学奖获奖演说 ………… 96
历史将宣判我无罪 ……………… 97
原子时代的发展及其本质 …… 100
在历史岔路口上 ……………… 104
人工选择和自然选择 ………… 110
捍卫自由的庆典 ……………… 111
责任——荣誉——国家 ……… 114
我们在月球上散步了 ………… 117
分歧阻碍不了和平相处 ……… 119
寻求真正的和平 ……………… 120
美丽的微笑与爱 ……………… 122
电脑对人类行为的影响 ……… 124
胜利属于我们 ………………… 128
诺贝尔文学奖获奖演说 ……… 129
人们一思索，上帝就发笑 …… 138
地球是人类的唯一故乡 ……… 143
沙漠风暴行动计划已经开始 … 145
脱离黑暗的深谷 ……………… 149
总统就职演说 ………………… 151

最后的辩护（公元前399年）

苏格拉底

事件背景

苏格拉底生于公元前470年，卒于公元前399年。是古希腊著名的哲学家、思想家。一生述而不著，只用口头方式传播自己的观点，主要观点记载于色诺芬的回忆录和柏拉图的对话中。在政治观点上，他反对雅典的民主派，因此，当民主派执掌政权以后，便要置他于死地。这篇演说便是在这个背景下诞生的。

这也是苏格拉底在生命最后时刻为自己所作辩护的精华所在！

你在起诉书中说得很清楚，指责我教唆青年人相信新的神而不信国家所供奉的神——正是这种教唆造成了腐蚀青年的不良后果。那么，墨勒图斯，以我们共同信奉的神起誓，请你再向陪审团把你的意思说得清楚一点，因为我不清楚你的意思究竟是什么。……（对方陈述）你的回答真让我吃惊，你这么说的目的究竟是什么呢？奉太阳和月亮为神是人类的共同信仰，你是否认为我连日神和月神都不信了呢？你是不是在指控阿那克萨哥拉（古希腊的哲学家）呀？可爱的墨勒图斯？你也太轻视这些陪审员了吧？难道你以为他们如此孤陋寡闻，以致不知道阿那克萨哥拉的著作中充斥了这些理论吗？……

你根本证明不了我有罪……墨勒图斯，世界上有这样的人吗，他只相信人类的活动，而不相信人类的存在？……我再问，会有这样的人吗，他不相信有马，却相信马的活动？或者他不相信有音乐家，却相信作曲和演奏？显然没有这样的人，尊贵的朋友。如果你不想回答，我可以为你，也为这些尊敬的陪审员作出回答，但下一个问题必须由你来回答：会有这样的人吗，他相信神奇的活动而不相信神奇的存在物？……

（对方回答"没有这样的人"）

在法庭的强制上你作出了一个多么简明的回答！好，那么你不是断言我相信并教唆他人也相信神奇的活动吗？……在你的证词中你就是这样郑重宣

称的。但如果我相信神奇的活动,我必定也会相信神奇的存在物。难道不是这样吗?既然你不回答,我就认为你默认了。我们不是认为神奇的存在物就是神的后裔吗?这么说你同意吗?……那么,如果你断言我相信神奇的存在物,如果这些神奇的存在物就是神,我们将得出这样的结论,即首先说我不信神,然后又说我信神,因为我相信神奇的存在物。另一方面如果像人们通常听说的那样,这些神奇的存在物是神与山林水泽的仙女们或其他母亲们的私生子,世界上有谁会只相信神的子女而不相信神本身呢?这就会像只相信有马驹或驴驹而不相信有马和驴一样可笑。墨勒图斯,不可避免的结论是,或者是作为对我的智力测验,或者是再也找不到可指控我的真正罪名你才对我提出这样的控告。你说我相信神奇的神的活动而不相信神奇的存在物和神的存在,你想以这个极为愚蠢的理由来说服任何稍有理智的人,是绝对不可能的。……

尊敬的陪审们,事实上,我感到无须就墨勒图斯的控告再为自己辩护了,以上所作的辩护已足够充分了。你们很清楚这样一个事实,我在前面的辩护中已经说到过,即我招致了大量的敌对情绪。如果说有什么东西能毁灭我的话,既不是墨勒图斯,也不是安尼图斯,而是众人的诽谤和妒忌,正是这种敌对情绪能导致我的毁灭。诽谤和妒忌已经给很多无辜的人带来了不幸,我想这种情况还会继续下去,我不会是最后一个受害者。

一个人只要找到了他在生活中的位置,无论这是出于对自己有利还是出于服从命令,我相信为了荣誉,他会正视危险,不惜付出生命和一切。……

✳ 非战胜,决不离开战场 (公元前48年)

恺 撒

事件背景

盖乌斯·尤利乌斯·恺撒生于公元前100年,卒于公元前44年。古罗马政治家,古罗马共和国末期的军事独裁者。以军事才能和政治手腕著称,擅长政治演说。

恺撒任高卢总督。本篇是他在决战庞培一役前所作的演说,"非战胜,决不离开战场"也成为著名的口号。

  我的朋友们,我们已经克服了我们更可怕的敌人,现在我们所要对付的不是饥饿和贫乏,而是人。一切决定于今日。记着你们在提累基阿姆时所给我的诺言。记得你们是怎样当着我的面,彼此宣誓:非战胜,决不离开战场。同伴士兵们啊!这些人就是我们过去在赫丘利的石柱所遇着的那些人,就在意大利从我们面前溜跑了的那些人。他们就是在我们十年艰苦奋斗之后,在我们完成那些伟大战争之后,在我们取得无数胜利之后,在我们为祖国在西班牙、高卢和不列颠增加了 400 个附属国之后,不予我们以荣誉,不予我们以凯旋,不予我们以报酬,而要解散我们的那些人。我向他们提出公平的条件,不能说服他们;我给他们以利益,也不能争取他们。你们知道,他们中间有些人是我释放的,不加伤害,希望我们可以使他们有一点正义感。今天你们要加快所有这些事实;如果你们对于我有些回忆的话,你们也要回忆我对你们的照顾、我的忠实和我所慷慨地给予你们的馈赠。

  吃苦耐劳的老练士兵战胜新兵也是不难的,因为新兵没有战斗经验,并且他们像儿童一样,不守纪律,不服从他们的指挥官。我听说,他害怕,不愿作战。他的时运已经过去了;他在一切行动中,变为迟钝而犹豫;他已经不是自己发号施令,而是服从别人的命令了。我说这些事情,只是对他的意大利军队而言。至于他的同盟军,不要去考虑他们,不要注意他们,根本不要和他们战斗,他们是叙利亚的、福里基亚的和吕底亚的奴隶,总是准备逃亡或作奴役。我知道得很清楚,你们马上就会看见,庞培自己不会在战斗行列中给他们以地位的。纵或这些同盟军像狗一样向你们周围跑来威胁你们的时候,你们也只要注意意大利人的士兵。当你们已经击溃敌人的时候,让我们饶恕意大利士兵,因为他们是我们的同族人,而只屠杀同盟军,使其他的人感到恐怖。为了使我知道你们没有忘记非胜即死的诺言起见,当你们跑去作战的时候,首先摧毁你们军营的壁垒,填起壕沟。这样,如果我们不战胜的话,我们没有逃避的地方,使敌人看见我们没有军营,知道我们不得不在他们的军营里驻扎。

真理面前半步也不后退 (1584年)

布鲁诺

事件背景

乔尔丹诺·布鲁诺生于1548年,卒于1600年。16世纪意大利著名的哲学家、天文学家。1600年2月17日,布鲁诺因主张无神论被烧死在罗马的鲜花广场上。

本篇是布鲁诺《论无限、宇宙和诸世界》一书中的第五篇对话的结尾。"真理面前半步也不后退",正是他舍身成仁、为真理而献身的真实写照。

前进,我亲爱的菲洛泰奥,愿任何东西也不能迫使你放弃你宣传你那美妙的学说。无论是无知之徒的粗野咒骂,无论是苟安庸碌之辈的愤慨,无论是教条主义者和达官贵人的愤怒,无论是群氓的胡闹,无论是社会舆论的令人震惊,无论是撒谎者和心怀嫉妒者的诽谤,这些都损害不了你在我心目中的崇高形象,决不会使我离开你。顽强地坚持下去,我的菲洛泰奥,坚持到底!不要灰心丧气,不要退却,哪怕那笨拙无知、拥有重权的高级法庭用种种阴谋来陷害你,哪怕它妄图使用一切可能的手段来抵制你那美好的意图、你那种种著作的胜利。

你放心吧,这样的一天总是会到来的。那时所有的人都会明白我所明白的东西,那时所有的人都会承认:对于每一个人来说,同意你的见解并颂扬你是那么容易做到,就像要比得上你却那么难于做到那样。所有的人,凡不是从头坏到脚的人,终有一天会在良心驱使之下给予你应得的赞扬。要知道,打开理性的眼睛的,归根到底是内在的教师,因为我们理解思想上的财富并不是从外部,而是从内部,从自身的精神得到。在所有人的心灵中都有健全理智的颗粒,都有天赋的良心,它耸立于庄严的理性法庭之上,对善与恶、光明与黑暗进行评判并作出公正的判决。你那良好事业的最忠诚最卓越的捍卫者之所以能从每一个人意识的深处终于点燃起起义之火,要归功于这样的判决。

而那不敢与你交朋友的人,那些胆怯地顽固维护自己的卑鄙无知的人,那些坚持充当赤裸裸的诡辩派和真理的不共戴天的敌人的人,他们将在自己的良心中发现审判官和刽子手,发现为你复仇的人。这位复仇者将能更加无情地在他们自己的思想深处惩罚他们,使他们再也无法向自己隐藏这些观点。当敌人给予你的打击被击退的时候,让一大群奇怪而凶恶的爱夫门尼德(希腊神话中的复仇女神,专在地狱中折磨人的灵魂)把他包围起来,让其狂怒倾泻在……敌人的内心动机上,并用自己的牙齿将他折磨至死。

前进!继续教导我们去认识关于天空、关于行星与恒星的真理,给我们讲解在无限多的天体中一个与另一个究竟有什么不同,在无限的空间中无限的原因与无限的作用为什么不仅是可能的,而且也是必然的。教导我们什么是真正的实体、物质和运动,谁是整个世界的创造者,为什么任何有感觉的事物都由同一要素和本原组成,给我们宣讲关于无限宇宙的学说。彻底推翻这些假想的天穹和天域,它们似乎应把这么多的天空和自然领域划分开来。教导我们讥笑这些有限的天域以及贴在其上的众星。让你那些所向披靡的论据万箭齐发,摧毁群氓所相信的、第一推动者的铁墙和地球规律在一切天体上的普遍性以及关于宇宙中心的学说。彻底粉碎外在的推动者和所谓各层天域的界限。给我们敞开门户,以便我们能够通过它一览广漠无垠的统一的星球世界。告诉我们其他世界是如何像我们这个世界那样在以太的海洋里疾驰的,给我们讲解所有世界的运动如何由它们自身内部灵魂的力量来支配。并教导我们,在以这些观点为指导去认识自然的道路上,坚定不移地阔步前进。

在接受宗教裁判所审判时的演说(1592年)

布鲁诺

事件背景

布鲁诺生于1548年,卒于1600年。意大利著名哲学家和天文学家。1592年因宣扬"异端"而被宗教裁判所逮捕。威武不屈的布鲁诺入狱八年后于1600年2月8日被教皇克莱芒八世判处火刑。本篇是他被捕后在接受审判时发表的演讲。

整个说来,我的观点有如下述:存在着自由无限威力创造的无限宇宙。因为,我认为,有一种观点是跟上帝的仁慈和威力不相称的,那种观点认为,上帝,虽具有除创造这个世界之外还能创造另一个和无限多个世界的能力,但似乎仅只创造了这个有限的世界。

总之,我庄严宣布,存在着跟这个地球世界相似的无数个单独世界。我同毕达哥拉斯一起认为,地球是个天体,它好像月亮,好像其他行星,好像其他恒星,它们的数目是无限的。所有这些天体构成无数的世界。它们形成无限空间中的无限宇宙,无数世界都处于它之中。由此可见,有两种无限——宇宙的无限大和世界的无限多,由此也就间接地得出对那种以信仰为基础的真理的否定。

其次,我还推定,在这个宇宙中有一个包罗万象的神,由于它,一切存在者都在生活着、发展着、运动着,并达到自身的完善。

我用两种方式来解释它。第一种方式是比作肉体中的灵魂:灵魂整个地处在全部之中,并整个地处在每一部分之中。这如我所称呼的,就是自然,就是上帝的影子和印迹。

另一种解释方式,是一种不可理解的方式。借助于它,上帝就其实质、现有的威力说,存在于一切之中和一切之上,不是作为灵魂,而是以一种不可解释的方式……

至于说到第三种方式的上帝之灵,我不能按照对它应有的信仰来理解它,而是根据毕达哥拉斯的观点来看待它,这种观点跟所罗门对它的理解是一致的。即:我把它解释为宇宙的灵魂,或存在于宇宙中的灵魂,像所罗门的箴言中所说的:"上帝之灵充满大地和那包围着万有的东西。"这跟毕达哥拉斯的学说是一致的,维吉尔在《伊尼德》第六歌中对这一学说作了说明:

苍天与大地,太初的万顷涟漪,

那圆月的光华,泰坦神的耀眼火炬,

在其深处都有灵气哺育。

智慧充溢着这个庞然大物的脉络,

推动它运行不息……

按照我的哲学,从这个被称作宇宙之生命的灵气,然后产生出每一个事物的生命和灵魂。每一事物都具有生命和灵魂,所以,我认为,它是不配的,就像所有的物体按其实体说是不配的那样,因为死亡不是别的,而是分解和化合。这个学说大概是在《传道书》中讲到太阳之下没有任何新事物的地方阐述的。

地球在转动（1632年）

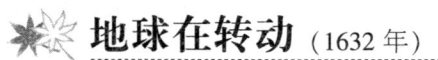

伽利略

事件背景

伽利略生于1564年，卒于1642年。意大利著名的物理学家，近代物理学开创者。由于积极宣传哥白尼的日心说触怒了罗马教廷，受到了宗教裁判所的审判，在1633年被判终身监禁。

本篇是他1632年关于日心说的颇具理论色彩的演讲。

昨天我们决定在今天碰头，把那些自然规律的性质和功用谈清楚，并且尽量地谈得详细一点。关于自然规律，到目前为止，一方面有拥护亚里士多德和托勒密立场的人提出的那些，另一方面还有哥白尼体系的信徒提出的那些。由于哥白尼把地球放在运动的天体中间，说地球是像行星一样的一个球，所以我们的讨论不妨从考察逍遥学派攻击哥白尼这个假设不能成立的理由开始，看看他们提出些什么论证，论证的效力究竟多大。

在我们的时代，的确有些新的事情和新观察到的现象，如果亚里士多德现在还活着的话，我敢说他一定会改变自己的看法。这一点我们从他自己的哲学论述方式上，也会很容易地推论出来，因为他在书上说天不变等等，是由于没有人看见天上产生过新东西，也没有看见什么旧东西消失。言下之意，他好像在告诉我们，如果他看见了这类事情，他就会作出相反的结论；他这样把感觉经验放在自然理性之上是很对的。如果他不重视感觉经验，他就不会根据没有人看过天有变化而推断天不变了。

如果我们是在讨论法律上或者古典文学上的一个论点，其中不存在什么正确和错误的问题，那么也许可以把我们的信心寄托在作者的信心、辩才和丰富的经验上，并且指望他在这方面的卓越成就能使他把他的立论讲得娓娓动听，而且人们不妨认为这是最好的陈述。但是自然科学的结论必须是正确

的、必然的，不以人们的意志为转移的，我们讨论时就得小心，不要使自己为错误辩护；因为在这里，任何一个平凡的人，只要他碰巧找到了真理，那么一千个狄摩西尼和一千个亚里士多德都要陷于困境。所以，辛普利邱，如果你还存在着一种想法或者希望，以为会有什么比我们有学问得多、渊博得多、博览得多的人，能够不理会自然界的实况，把错误说成真理，那你还是断了念头吧。

亚里士多德承认，由于距离太远很难看见天体上的情形，而且承认，哪一个人的眼睛能更清楚地描绘它们，就能更有把握地从哲学上论述它们。现在多谢有了望远镜，我已经能够使天体离我们比离亚里士多德近三四十倍，因此能够辨别出天体上的许多事情，都是亚里士多德所没有看见的；别的不谈，单是这些太阳黑子就是他绝对看不到的。所以我们要比亚里士多德更有把握地对待天体和太阳。

某些现在还健在的先生们，有一次去听某博士在一所有名的大学里演讲，这位博士听见有人把望远镜形容一番，可是自己还没有见过，就说这个发明是从亚里士多德那里学来的。他叫人把一本课本拿来，在书中某处找到关于天上的星星为什么白天可以在一口深井里看得见的理由，这时候那位博士就说："你们看，这里的井就代表管子；这里的浓厚气体就是发明玻璃镜片的根据。"最后他还谈到光线穿过比较浓厚和黑暗的透明液体使视力加强的道理。

实际的情形并不完全如此。你说说，如果亚里士多德当时在场，听见那位博士把他说成是望远镜的发明者，他是不是会比那些嘲笑那位博士和他那些解释的人，感到更加气愤呢？你难道会怀疑，如果亚里士多德能看到天上的那些新发现，他将改变自己的意见，并修正自己的著作，使之能包括那些最合理的学说吗？那些浅薄到非要坚持他曾经说过的一切话的鄙陋的人，难道他不会抛弃他们吗？怎么说呢？如果亚里士多德是他们所想象的那种人，他将是顽固不化、头脑固执、不可理喻的人，一个专横的人，把一切别的人都当作笨牛，把他自己的意志当作命令，而凌驾于感觉、经验和自然界本身之上。给亚里士多德戴上权威和王冠的，是他的那些信徒，他自己并没有窃取这种权威地位，或者据为己有。由于披着别人的外衣藏起来比公开出头露面方便得多，他们变得非常怯懦，不敢越出亚里士多德一步；他们宁可随便地否定他们亲眼看见的天上那些变化，而不肯动亚里士多德的一根毫毛。

不自由,毋宁死 (1775年3月23日)

亨利

事件背景

帕特里克·亨利(1736—1799)美国独立战争时期著名的政治家和演说家。

独立战争的枪声已经打响,为唤起民众,痛斥妥协,亨利发表了这篇鼓动性演说的上乘之作。

主席先生:

没有人比我更钦佩刚刚在会议上发言的先生们的爱国精神与见识才能。但是,人们常常从不同的角度来观察同一事物。因此,尽管我的观点与他们截然不同,我还是要毫无顾忌、毫无保留地讲出自己的观点,并希望不要因此而被认为是对先生们的不敬。此时不是讲客气话的时候,摆在各位代表面前的是国家存亡的大问题,我认为,这是关系到享受自由还是蒙受奴役的大问题。鉴于它事关重大,我们的辩论应该允许各抒己见,只有这样,我们才有可能搞清事物的真相,才有可能不辱于上帝和祖国所赋予我们的伟大使命。在这种时刻,如果怕冒犯各位的尊严而缄口不语,我将认为自己是对祖国的背叛和对比世界上任何国君都更为神圣的上帝的不忠。

主席先生,沉湎于希望的幻觉是人的天性。我们有闭目不愿正视痛苦现实的倾向,有倾听女海妖的感人歌声的倾向,可那是能将人化为禽兽的惑人的歌声。这难道是在这场为获得自由而从事的艰苦卓绝的斗争中,一个聪明人所应持的态度吗?难道我们愿意做那种对这关系到是否蒙受奴役的大问题视而不见充耳不闻的人吗?就我个人而论,无论在精神上承受任何痛苦。我也愿意知道真理,知道最坏的情况,并为之做好一切准备。

我只有一盏指路明灯,那就是经验之灯。除了以往的经验以外,我不知道还有什么更好的方法来判断未来。而既要以过去的经验为依据,我倒希望知道,十年来英国政府的所作所为中有哪一点足以证明先生们用以欣然安慰自己及各位代表的和平希望呢?难道就是最近接受我们请愿时所流露出的阴

险微笑吗？不要相信它，先生，那是在您脚下挖的陷阱。不要让人家的亲吻把您给出卖了。请诸位自问，接受我们请愿时的和善微笑与这如此大规模的海、陆战争准备是否相称。难道舰艇和军队是对我们的爱护和战争调停的必要手段吗？难道为了解决争端，赢得自己的权利而诉诸武力，我们就应该表现出如此的不情愿吗？我们不要自己欺骗自己了。先生，这些都是战争和征服的工具，是国君采取的最后争执手段。主席先生，我要向主张和解的先生请教，这些战争部署究竟意味着什么？如果说其目的不在于迫使我们屈服的话，那么哪位先生能指出其动机所在？在我们这块土地上，还有哪些对手值得大不列颠征集如此规模的海陆军队吗？不，先生，没有其他对手了。一切都是针对我们而来，而不是针对别人。英国政府如此长久地锻造出的锁链要来桎梏我们了，我们该何以抵抗？还要靠辩论吗？先生，我们已经辩论十年了，可辩论出什么更好的抵御措施了吗？没有。我们已从各种角度考虑过了，但一切均是枉然。难道我们还要求救于哀告与祈求吗？难道我们还有什么更好方法未被采用吗？勿须寻找了，先生，我恳求您，千万不要自己欺骗自己了。我们已经做了应该做的一切，来阻止这场即将来临的战争风暴。我们请愿过了，我们抗议过了，我们哀求过了，我们也曾拜倒在英国王的宝座下，恳求他出面干预，制裁国会和内阁中的残暴者。可我们的请愿受到轻侮，我们的抗议招致了新的暴力，我们的哀求被人家置之不理，我们被人家轻蔑地一脚从御座前踢开了。事到如今，我们再也不能沉迷于虚无缥缈的和平希望之中了。希望已不能存在！假如我们想得到自由，并拯救我们为之长期奋斗的珍贵权力的话；假如我们不愿彻底放弃我们长期所从事的，曾经发誓不取得最后的胜利而决不放弃的光荣斗争的话，那么，我们必须战斗！我再重复一遍，必须战斗！我们的唯一出路只有诉诸武力，求助于战争之神。

主席先生，他们说我们的力量太单薄了，不能与如此强大凶猛的敌人抗衡。但是，我们何时才能强大起来呢？是下周？还是明年？还是等到我们完全被缴械，家家户户都驻守着英国士兵的时候呢？难道我们就这样仰面高卧，紧抱着那虚无缥缈的和平幻觉不放，直到敌人把我们的手脚都束缚起来的时候，才能获得有效的防御手段吗？先生们，如果我们能妥善利用自然之神赐予我们的有利条件，我们就不弱小。如果我们300万人民在自己的国土上，为神圣的自由事业而武装起来，那么任何敌人都是无法战胜我们的。此外，先生们，我们并非孤军作战，主宰各民族命运的正义之神，会号召朋友们为我们而战。先生们，战争的胜负不仅仅取决于力量的强弱，胜利永远属于那些机警的、主动的、勇敢的人们。况且，我们已没有选择余地了。即使我们那样没有骨气，想退出这场战争，也为时晚矣！我们已毫无退路，除非甘愿受屈辱和奴役！囚禁我们的锁链已经铸造就，波士顿草原上已经响起镣铐的叮当响声。战争已不可避免——那么就让它来吧！我再重复一遍，就让它来吧！

回避现实是毫无用处的。先生们会高喊：和平！和平！！但和平安在？实际上，战争已经开始，从北方刮来的大风都会将武器的铿锵回响送进我们的耳鼓。我们的同胞已身在疆场了，我们为什么还要站在这里袖手旁观呢？先生们希望的是什么？想要达到什么目的？生命就那么可贵？和平就那么甜美？甚至不惜以戴锁链、受奴役的代价来换取吗？全能的上帝啊，阻止这一切吧！在这场斗争中，我不知道别人会如何行事。至于我，不自由，毋宁死！

向战士们发布的动员令（1775年11月）

华盛顿

事件背景

乔治·华盛顿生于1732年，卒于1799年。美利坚合众国的创立人，美国第一任总统。乔治·华盛顿是美国独立战争时期的大陆军总司令，并任1787年制宪会议主席，1789年经一致推选，出任新国家第一任总统，并于1792年再度当选连任。本篇是华盛顿为反抗英国殖民统治，作为13州起义部队的总司令向战士们发布的动员令的开头一段。

士兵们：

美国人能成为自由人，还是沦为奴隶；能否享有可以称之为自己所有的财产；能否使自己的住宅和农庄免遭洗劫和毁坏；能否使自己免于陷入非人力所能拯救的悲惨境地——决定这一切的时刻已迫在眉睫。苍天之下，千百万尚未出生的人的命运取决于我们这支军队的勇敢和战斗。敌人残酷无情,我们别无他路,要么奋起反抗,要么屈膝投降。因此,我们必须下定决心,若不克敌制胜,就是捐躯疆场。

勇敢些,再勇敢些(1792年9月2日)

丹 东

事件背景

乔治·雅克·丹东生于1759年,卒于1794年。18世纪法国著名资产阶级革命家。

本文是在法国革命爆发,革命形式受到严峻挑战的形势下为号召人们拿起武器,鼓舞士气,坚决打退入侵者,他在国民公会上所作的演说。

一个自由民族的政府官员能够向人民宣告国家将得到拯救,似乎是最称心的事了。于是所有人都被激励起来,热情奔放地投身于斗争中。

你们知道凡尔登城目前尚未陷入敌手,守卫部队誓称要处死第一个说出"投降"二字的人。

我们一部分人将守卫边界,一部分人构筑工事,设堑防御,其余持长矛者将担任城内的警卫工作。巴黎将支持我们的巨大努力。各公社委员要向公民发出庄严号召,要求他们拿起武器奔赴保卫祖国的战斗。在这时刻,你们可以公开宣告,我们的首都值得全法兰西敬重。在这时刻,国民会议成了名副其实的作战委员会。我们要求你们一同领导这场崇高的人民运动,指定一些委员支持和协助实现所有这些伟大的措施。任何人拒绝供职或提供武器,我们要求判决他们死刑。他们要求恰当地指示公民领导各种活动。我们要求派人到一切部门去传达你们在这里公布的各项指令。我们不敲报险的警钟而要吹响向法兰西的敌人冲锋的号角。为了胜利,我们需要勇敢,更勇敢,永远勇敢!这样,法兰西的安全就能得到保障。

让我们前进吧（1796年5月15日）

拿破仑

事件背景

拿破仑·波拿巴生于1769年，卒于1821年。法兰西第一帝国及百日王朝的皇帝，法兰西共和国近代史上著名的军事家、政治家。

这篇演讲是在法军攻占意大利的米兰并迫使帕尔马公爵、英德纳公爵和教皇庇护六世签署了停战协定后，拿破仑在米兰向法军士兵所作的演讲。

士兵们，你们像山洪一样从亚平宁高原上迅速地猛冲下来。你们战胜并消灭了一切阻挡你们前进的敌人。

从奥地利暴政下解放出来的皮埃蒙特，表现了与法国和平友好相处的感情。米兰是你们的，在全伦巴迪亚上空，到处都飘扬着共和国的旗帜。

帕尔马公爵和莫德纳公爵能够保留政治生命，完全归功于你们的宽宏大量。

号称能够威胁你们的敌军，再也找不到更多的障碍物，可以凭借它们来抵挡你们的勇气了。波河、提契诺河和阿达河不再抵抗你们的勇气了。波河、提契诺河和阿达河不再阻挡你们前进了。意大利在这些所谓了不起的堡垒看来都是不经一击的，你们像征服亚平宁山脉一样迅速地征服了它们。

你们取得这么多的胜利使祖国充满喜悦。你们的代表规定了节日，以示庆祝你们的胜利，共和国所有的公社都在庆祝这个节日。你们的父亲、母亲、妻子、姐妹以及你们所有心爱的人都为你们的胜利而欢欣鼓舞，他们都以自己是你们的亲人而感到自豪。

是的，士兵们！你们做了许多事情……可是，这是不是说你们再没有什么事可做了呢？……人们在谈到我们时会不会说，我们善于取得胜利，却不善于利用胜利呢？后代会不会责备我们，说我们在伦巴迪亚碰上了卡普亚呢？不过我已经看见你们在拿起武器，懦夫般的休养生活已经使你们烦恼啦！你们为荣誉而战。总而言之，让我们前进吧！目前我们还需要急行军，我们必须战胜残敌，我们要给自己戴上桂冠，对敌人给我们的侮辱必须给以报复！

让那些准备在法国挑起内战的人等着吧！让那些卑鄙地杀死我们的驻外使节和烧毁我们土伦的军舰的人等着吧！复仇的时间到了！

但是，要叫老百姓放心。我们是一切老百姓的朋友，特别是布鲁图家族、西庇阿家族和一切我们奉为典范的大人物的后裔的忠实朋友。恢复卡皮托利小山上的古迹，在那儿恭敬地竖起一些能使古迹驰名的英雄雕像；唤醒罗马人，使他们摆脱几百年的奴役造成的昏沉欲睡的状态。这些将是你们的胜利果实，这些果实将在历史上创造一个新的时代。不朽的荣誉将归于你们，因为你们改变了欧洲这一最美丽部分的面貌。

自由的、受全世界尊敬的法国人民正在给全欧洲带来光荣的和平，这种和平将补偿它在六年中所忍受的一切牺牲。那时你们回到自己的家乡，你们的同胞就会指着你们说：他是在意大利方面军服过役的！

捍卫和平（1809年3月4日）

麦迪逊

事件背景

詹姆斯·麦迪逊，美国"宪法之父"。1808年当选为总统。他是一位政治哲学家和实干政治家，也是一位具有独到见解的思想家。

这是麦迪逊的总统就职演说。在演说词中，他热情洋溢地歌颂和平，对各国保持中立，坚决捍卫美国自己的和平。

我不愿背离最受人尊敬的职权所树立的典范，因此，我借此机会，表达我深刻的感触——我的国家唤我担当此任，我准备在最庄重的仪式认可下宣誓就职。经过自由善良的国民审慎而冷静的选举，如此卓越地表现出一种信任，这在任何情况下都会激起我的感恩之情和奉献之心，并使我充满了人们对我的无比信赖感。在此刻特有的庄重独特的情况下，我既感到荣耀又感到托付与我的责任重大，这种感觉正在增长，难以形容。

目前世界上的形势的确无可比拟，而我国的局势却充满了荆棘。人们也能更加强烈地感到困难的压力。因为当这些困难落到我们头上时，正值国家繁荣达到前所未有的高峰。这一变化所产生的对比变得更加惊人了。虽然许多国家在从事血腥和破坏性的战争，但是在我国共和体制影响下以及我们同全世界一道维持和平的情况下，我们仍得以在才能与资源的无比增长中，尽享公正策略的果实。农业的发展，商业开创的成功，产品和实用工艺品的进步，公共收入的增长并因此减少了公债，还有遍布国土各地的工程设施，所有这一切都能使人看到这一明证。

以下这一想法是可贵的：从我国这一繁荣的状况向暂时使我们困苦的情形转变不应由不正直的观念来承担责任，而且，我相信，也不是国家议事机构无意犯错造成的毫不放纵侵犯他国权利的行为和扰乱他国安宁的性情，坚持正义以谋求和平，以最公正无私的态度履行中立职责以受各交战国的尊重，这些才是美国真正的光荣。如果世界上存在着公正，那么这些断言的真实性将不会受到怀疑，至少后代会对其作出公正的评判。

但这一无从指摘的行为却无助于制止交战国的不公正行为和暴力。在它们彼此的激愤中，或在更直接的动机驱使下，所采用的报复原则同样违背了一般的理性和公认的法则。无法预料，他们专断的敕令还要保持多久，因为他们无视各种示威游行（美国甚至从未为此找过任何借口），无视导致废除这些敕令的公平自由的努力。我保证，在任何变幻中，国家的坚定精神和一致协商，将是本国荣誉和基本利益的保障。我走上分派给我的岗位，只觉得自己在这一崇高职责面前力不从心，感到气馁。若是我在这一深信不疑的重任下没有消沉，那是因为我在目的意识中得到了支持，并在伴随我执行这项艰难任务的原则中得到了信心。

热爱与所有志同道合的国家的和平及友好关系；对交战国保持真诚的中立政策；在所有情况下都以和善的商议和理智的调停来解决分歧，而不以诉诸武力的方法来解决；摒除一切外来阴谋与偏私，因为这对所有国家来说都是可耻的行为，而对自由国家又是有害无益的；要培养独立精神，使其公正而不侵犯他人的权力，使其自重而不丧失我们自己的权力，使其自由而不沉湎于毫无价值的偏见，并使其高尚而不轻视他人的权力；以各州的统一作为它的和平幸福的基础，支持用以巩固联邦的宪法，拥护其规定与权威；尊重保留给各州及其人民的权力和权威，它们是整个体制的组成部分，并对其至关重要，避免对道德、权利或宗教职能哪怕是最轻微的干涉，要明白，这些不属民事管辖范围；尽力为私人或个人的权利及出版自由保存额外的有益条

款；在公共开支中厉行节约；以体面地清偿公债的方法，开发公共财产；在必要的限度内保持常备兵力。并时刻铭记：一支训练有素的武装后备军才是共和国最坚实的堡垒。若无常备军，人民的自由就会受到危害，而兵力过多，自由也无安全的保障；以钦定方式，改进农业、制造业和内外贸易；以同样的方式，支持科学进步和知识传播，将此作为真正自由的最佳滋养；贯彻仁慈的计划（这很受赞扬），用于转变我们的土著朋友，使他们由落后悲惨的原始生活转而进入到进步的文明状态之下，并感受到人类的思想和生活方式——只要以上的情感和志向能有助于我履行职责，它们就会是使我免受挫折的源泉。

此外，我很幸运，因为在我即将踏上的路途上，已有许多前辈在我前面走过，他们在极度的艰难困苦中成功地树立辉煌的服务典范，照亮了这条康庄大道。对于我的前一任总统所树立的典范，在这我就更不必说了。然而，我无法抑制住充满我内心的情感，他应受可爱的国家深厚的报答和感激，感谢他为了国家的最高利益和幸福，在这一段长远历程中赤诚地奉献出了他卓越的才华。

不过，我所用来寻找帮助（仅此一项便能弥补我的不足）的源泉却存在于我的同胞们几经考验所证明的才智和美德之中，以及在其他部门中一同关注国家利益的人民代表的忠告之中。在任何困难中，我皆对他们拥有最大的信心。全能的上帝对我们的保护和指导能激励我们大家感受到这一信心，他们的力量操纵着各自的命运，他的祝福非常明显地降赐予这一新兴的共和国。我们决意为了过去的一切向他表达虔诚的感激之情，同时也为了将来的一切，向他表示我们的祈求和最大的期望。

让更多的人幸福（1817年8月14日）

欧　文

事件背景

罗伯特·欧文（1771 – 1858）英国空想社会主义者。本篇是1817年欧文在伦敦向工人发表的演说。

今天我到这里来，不是为了满足无聊和无用的虚荣心。我来到大家面前，是为了完成一项庄严而极其重要的任务。我所重视的，不是要博得大家的好感和未来的名望。这两项在我看来都没有什么价值。支配我的行动的唯一动机，是希望看到你们和全体同胞到处都能实现享受到大自然所赋予我们享受的极其丰富的幸福。这是我终身抱定、至死不移的愿望。

世人如果具有智慧的话，在以往许多世代中早就会发现：人们一向追求的这种恩惠，这种非财富所能购买的天赐，一直是掌握在世人手中，甚至连那些历来最不受尊敬的人也能具有这种幸福。幸福的条件虽然遍地皆是，但愚昧却挡住了我们的视线，它用荒谬绝顶的精神环境重重围住这些条件。这种环境严密万分，而且牢牢地挡住了任何大胆的冒险者，因此连世代积累的经验也一直未能突破它的重重阴影。这种黑暗环境的统治虽然有无数奇形怪状的毒蛇猛兽防卫者，但终于成为过去了。

经验将它的形迹深深地印在以往的时代中，并毫不疲倦、毫无恐惧、毫不松懈地在它那正义的道路上坚持到底。当敌人睡着的时候，它在前进；当敌人没有注意它的行动时，它在悄悄地往前爬。它前进时虽然步步艰巨而又危险，但终于使敌人惊慌失措、狼狈不堪地看到它跨到外层的阻碍上来了。一切黑暗势力马上开始了凶险恐怖的活动，准备对这个胆大妄为的来犯者实行报复。

但经验是真知与灼见之母，因而它的一切举止都是明智而又坚定的。以往它一直把自己的伟大和力量隐藏起来，现在它突然展示出它那万能的真理之镜。镜上闪耀出这样神圣的光辉，使得黑暗的全体妖魔看了以后都在这种耀眼逼人的光芒下惊骇退缩，而这种光芒却一下就刺中了他们的心房。这些妖魔完全绝望地溃逃了，甚至现在还在慌忙地向四面八方逃跑，永远离开我们的住处，让我们能充分地享受完整的团结、真正的美德、持久的和平和实际的幸福。

朋友们，今天我希望你们都投到"经验"这位胜利的领导者的旗帜下面来，请不要为这一建议而感到惊恐。由于原先曾受到这位永无过失的教师的教导，我甚至在目前就要更前进一步；现在我要向你们说：你们将在今天这个日子里被控归于经验旗帜之下，今后你们将永远无法背离它，而今天这个日子后世也将永志不忘。这位领导者的统治和管辖，将使你们感到十分公平和正确，你们将不会感到任何压迫。在经验的城池中决不会有饥饿和贫困的危机。由于愚昧和迷信而兴建的监狱，将永远敞开大门，监狱的刑具将留作经验的应得的战利品。在它的永无差错的规律下，你们的体力和智力都将得到发展，你们将得到良好的教育和工作，这一切对于你们自己和旁人都将是有用的、愉快的和有利的，因而使你们再也不想离开你们的正义道路。

我为人人（1829年3月4日）

杰克逊

事件背景

安德鲁·杰克逊，1829年就任美国总统，他表达了美国人民的信念，代表着普通老百姓，获民众选票最多。

这是杰克逊第一任总统时的就职演说。

同胞们：

经由人民的选择，我将受派开始履行这一艰巨任务。我要借此已成惯例的庄重场合，表达我对同胞们的信赖所激起的感激之情，并确认我的职位所加诸我的责任。你们的重大利益使我确信，对你们所授予的这一荣誉，光光感谢是不够的。这就告诫我，我所能做的最佳回报就是将我谦卑的能力热忱地奉献给你们的事业和你们的利益。

按照联邦宪法这一文献，宪法赋予我在规定的任期内执行美国法律，主管各州对外关系和内部同盟关系，管理税收，指挥军队，并通过与立法机关的交往，守卫和增进美国的普遍利益。现在正是恰当的时机，我要简单说明一下我将致力于完成这一任期的行动原则。

在执行国会订立的法律时，我将稳固地牢记行政权力的限度和范围，因而希望在不超越权限的范围内履行我的职责。在对外关系上，我将致力于维持和平，并在公平正当的条件下发展与各国的友谊，调和可能存在或产生的歧见，以展示与强国相称的忍耐性，而不表现附属于勇士的多愁善感的情绪。

我可能受到请求，为尊重各国的权力而采取措施。这个时候，我希望受到对联邦拥有自主权的各州的崇高敬意所激励而谨慎行事，不将留给各州的权力同授予联邦的权力相混淆。

公共税收的管理——一切政府中的细致工作——是我们最棘手,也是最重要的职责之一。这当然将成为我职务上最受关切的事。从各个方面来看,严格诚实地实行勤俭节约就一定会带来利益。我将更加热切地为此作出努力,因为这将促进国债的消除,而国债不必要地拖欠下去,是同真正的独立不相一致的,还因为这能制止公私方面极度的浪费,而政府过多的费用支出很容易造成这种浪费。要达这一称心的目的,最有力的辅助就是国会运用其才智,针对公款的特定拨用和公务员适时的责任,制定出规则。

有关以征税的目的适当选择征收对象的问题,在我看来,制定宪法所依据的平等、谨慎和妥协的精神,就是要求农业、商业和制造业的巨大利益需受到均等的惠顾。或许,这一规则的唯一例外就是应对我国独立至关重要的各家产品,给予特殊的鼓励。

国内的发展和知识的普及是非常重要的,要根据联邦政府合乎宪法的法案对此加以促进。

考虑到常备军在和平时期对自由政府所构成的危险,我将不寻求扩大我们目前的编制,也不轻视政治经验上有用的训诫。这一经验教导我们,军队应置于民权之下。海军已逐渐得到扩充,它的旗帜在四处飘扬,这展示出我们在航海上的技艺和武器上的威名;维持我们的要塞、兵工厂和造船厂,引导我们的陆海军在纪律和技术上逐渐进行改进,这一切显然都得到了审慎、明确的安排。所以,我很抱歉,因为我虽然强调了此事的重要性,却没更早地提出来。但是,我们防御的保障是国民军。凭着我国人民的才智和人口状况,这一力量定能使我们战无不胜。只要我们的政府是为了人民的利益而执政,并且受到民意的管制;只要它保障我们的人身和财产的权利,保护信仰自由和言论出版自由,就值得维护这一政府;只要政府值得维护,爱国的国民军就可以不可刺透的盾牌去保护它。我们可能会遭受局部的损害和偶发的屈辱,然而,持有作战工具的成百万武装起来的自由人民决不会被外敌所征服。因此,对于适合加强我国这一自然屏障的任何合理方式,我都会在我权力所及的范围内,欣然提供所有的帮助。

至于印第安部落,我一贯真诚地期望在适当的范围内,奉行一项公正开明的政策,周到而仁义地关注他们的权利和需求,因为这同我们政府的特性和人民的感情是相符的。最近的公众舆论表明,改革的任务是行政部门的职责所在,这一点清晰明了,不容忽视。这就特别要求纠正滥用职权的现象,因为这可使联邦政府任意授予官职的权力与自由选举发生了冲突。这些动机的反作用把已经扰乱了合法的任命程序,并将权力落到了不忠无能之徒的手中。在履行大致已有轮廓的任务中,我要尽力选拔勤奋刻苦、才华出众的人员。这将确保他们在各自的岗位上进行有力、真诚的合作,因为公共事业的发展更有赖于公务员的正直和热忱,而非人员数量的多寡。

也许我有充分的根据,认为对自己的资格缺乏信心,这就教导我要以尊敬的目光去留意我的杰出前任们所留下来的公道典范,并以崇敬的心情去察看创建并改良我国体制的心力所给予的启发。同样由于自信的缺乏,我希望获得政府各部门的指导和帮助,希望得到同胞们普遍的恩赐与支持。上帝的神力慈爱地保护了我国的初建时期,并在各种不同的变幻中保持了我们的自由。对仁慈的上帝坚定的依赖激起我对他炽热的祈求,祈求他继续将我们可爱的国家作为他神授关怀和仁慈祝福的对象。

自由!幸福!(1832年1月12日)

奥·布朗基

事件背景

奥·布朗基生于1805年,卒于1881年。是法国无产阶级政治家,空想社会主义者。策划、领导了多次工人起义。1871年3月巴黎公社成立后,被缺席选为公社委员和名誉主席。曾多次被捕,有33年在狱中度过,有"革命囚徒"之称。马克思和恩格斯赞扬他是大无畏的革命家和社会主义的热烈拥护者。

当局政府企图解散"人民之友社"和逮捕该社领导人,并以违反出版法令和阴谋危害国家安全的罪名审判"人民之友社"。同年1月,布朗基、拉斯拜尔、托雷、于贝和其他领导人一起被捕受审。这份演讲便是他在法庭上的辩护词。这篇近万字的辩护词,与其说是辩护词,不如说是对人压迫人、人剥削人的资本主义制度的声讨和控诉。

陪审员先生们:

我受到控告是因为我曾向法国3000万和我一样的无产者说,他们有生活的权利。如果这是一个罪行的话，那么，至少我认为我只应该对那些决不是这一案件的审判官和当事者的人负责。然而先生们，请你们注意，检察机关并不是诉诸你们的理智和正义感，而是你们的感情和利益；它并不要求你们严惩一个违反道德和法律的行为；它只力图激起你们的仇恨来反对被它说成是威胁你们生命财产的事情。因此，我不是站在审判官面前，而是站在敌人面前，所以我今后进行辩护是完全无用的。我听凭你们给我宣布什么罪状，但与此同时，我强烈抗议这种以暴力代替正义的行为，而那伸张正义的事留待以后再说。可是，如果我这样一个被剥夺一切公民权的无产者，有责任否认与我不同阶级的特权者出席的法庭的审判权的话，那么，我相信你们都有颗相当高尚的心，可以说使你们在人们把解除了武装的敌手交给你们宰割的情况下，恰当地来评价荣誉和你们扮演的角色。至于我们的角色，那是早就确定好了的，只有原告的角色才是唯一适合被压迫者的角色。

我要说明的是，为什么我们写过被国王的仆从们诬蔑为犯罪的文章，以及为什么我们今后还要继续写这类文章。

可以说检察机关给你们描绘了一幅想象中的、未来的、奴隶叛乱的前景，其目的在于以恐惧激起你们的仇恨。他说："你们看，这是穷人反对富人的战争；全体有产者都应该关心击退穷人的进攻。我们把你们的敌人带到你们面前，趁着他们还没有变得更加可怕之前打垮他们吧。"

是的，先生们，这是富人与穷人之间的战争：富人渴望这种战争，因为他们是侵略者。但是他们认为穷人进行抵抗是可恶的；在谈到人民时，他们高兴地说："这只野兽如此凶猛，人们打他，他居然还要自卫呢。"起诉检察官先生带讽刺的、激烈的控告词可以全部概括在这句话里。

人们不断地谴责无产者像盗贼一样准备夺取财产，为什么呢？这是因为无产者抱怨为了特权阶级的利益而受捐税的压榨。至于依靠榨取无产者的血汗过奢侈生活的特权分子，他们却认为是受到贪婪的贱民抢劫、威胁的财产合法所有者。刽子手装出受害者的姿态已不是第一次了。那么，究竟谁是应该受咒骂和惩罚的盗贼呢？那就是交付15亿法郎给国库，交付差不多相同的数目给特权分子的3000万法国人。而整个社会应该全力保护的财产所有者，就是那二三十万安稳地吞噬着盗贼们缴付的十几亿法郎的游手好闲之徒。在我看来，这是在新的形势下和在新的对手之间进行的封建贵族和被他们拦路抢劫的商人之间的战争。

……

  难道也不需要这位新的金融巨头,这个 19 世纪的吉尔·布拉,所有内阁的辩护者和吹捧者,奥利瓦勒斯伯爵和勒尔麦公爵身边的红人,来出卖高官要职以换取巨额现金吗?给代议制机器的齿轮加上润滑油,使子侄、表兄弟、表姐妹都分享到利益,这是十分必要的。廷臣、交际花、阴谋家,在证券交易所把国家的荣誉和命运标价出卖的赌棍、媒婆、情妇、承办商、警界的下流作家,这些在波兰沦亡问题上进行投机取巧的人,所有这些宫廷和沙龙的寄生虫,难道不应该使人们的腰包塞满金子吗?难道不应该使这堆有效地影响舆论的粪土发酵吗?这就是被能说善辩的内阁阁员们说成是社会组织制度的杰作的政府,这就是被他们说成是开天辟地以来各种行政机构中最好的、最完善的政府;这就是他们所吹嘘的好得不能再好的人类最完美的政府!这真是把贪污腐化的理论发展到了登峰造极的地步。在现行的制度下,智慧受到奴役,这种情况有力地证明了这种制度建立起来只是为了富人剥削穷人,只是为了不体面地、粗暴地满足富人的物质利益。事实上智慧是道德的保证,如果无意中把道德带入这种制度的话,它就必然成为破坏这种制度的力量。

  先生们,我要问一问,那些善良而有识之士被卑鄙的金钱贵族抛入贱民的行列之中,他们怎能对这种无情的侮辱不深感痛恨呢?他们怎能对他们国家所蒙受的耻辱,对他们不幸的无产阶级兄弟的痛苦无动于衷呢?他们的责任,就是唤起群众摧毁贫困和耻辱的枷锁。我已经尽到了这个责任,尽管我身在监狱中。而且我们将不怕任何的敌人而把这个责任尽到底。当我们背后有着为自己的福利和自由而奋斗的伟大人民的时候,我们应该勇敢地跃入面前的壕沟,用自己的身体作为奠基石来填平它,以便给人民开辟一条道路。

  政府的机关报一再自满地提到无产阶级有公开申诉的道路,法律向他们提供了为他们谋取利益的合法手段。这是一种讽刺,税收机关就在那里张着大口紧紧跟着他们,为了填满这个永远吃不饱的无底洞,无产者必须劳动,必须白天黑夜地劳动;如果能够有点残羹剩饭给他们的孩子充饥,他们就感到万幸了。人民之所以不在报纸上写文章,不向议院送递请愿书,因为这是白白浪费时间。此外,凡是能在政界引起反响的声音,沙龙里的声音、商店里的声音、咖啡馆里的声音,总之,凡是来自所有那些制造所谓舆论的声音,都是特权阶级的声音,没有一个声音是人民的。人民沉默不言,他们远远离开这些决定着他们命运的高贵地区,浑浑噩噩地生活着。当讲坛和报纸对人民的贫困偶尔流露出几句怜悯话的时候，就有人急忙用保护公共治安的名义，制止他们发表意见，禁止他们提及这些棘手的问题，或者就大喊大叫天下大乱了。如果人们坚持己见，监狱就被用来取缔这些批评政府工作的呼声，而当一切都沉默不言的时候，他就说"请看，法国是幸福的、歌舞升平的、到处秩序井然……"

尽管采取了各种防范措施，但是千百万不幸人民的饥饿叫喊还是传到特权阶级的耳边，于是他们就会狂叫起来，"必须强制执行法律！一个国家只应该热爱法律！"先生们，照你们的意思，一切法律都是好的吗？难道不曾有过一些使你们感到厌恶的法律吗？你们不承认存在着任何一条可笑的、可恶的、或者不道德的法律吗？难道可以用一个抽象的名词来打掩护吗？这个名词适用于混乱不堪的千万条法律上，它既可能指好的法律说的，也可能指坏的法律说的。他们回答说："如果有坏的法律，那么你们可以要求修改法律；但在等待修改的期间，你们要服从法律。"这是一个更加刻薄的讽刺。法律是由10万个选举人制定，由10万个陪审员运用，由10万个城市国民自卫军执行的（因为政府千方百计地设法瓦解和人民较接近的乡村国民自卫军）。然而，这些选举人，这些陪审员，这些国民自卫军，他们都是同一些人兼任不同的职务，他们同时既是议员又是法官和士兵，结果是同一个人在早上当选为议员，也就是说，在早上制定法律，中午作为陪审员运用这条法律，晚上穿上国民自卫军的制服在街上执行法律。3000万无产者在这些演习中做了一些什么呢？他们只是出钱而已。

自由！幸福！对外地位！这就是写在1830年平民革命旗帜上的口号。而空论家们却把这些口号理解为：维持一切特权！维持1814年宪章！维持伪正统！因此他们对内给人民带来奴役和贫穷，对外丧权辱国。难道无产者只是为了改变他们很少见到的金币上的人像而战斗的吗？难道我们对新的金币如此好奇，以至去推翻王位来满足这种好奇心吗？一位内阁政论家说，我们在"七月革命"时坚持要求君主立宪，以路易·菲利浦来代替查理十世。根据他的说法，人民只是角斗士，他们为特权阶级的娱乐和利益而互相残杀，特权阶级却在窗口拍手叫好……这当然是在战斗结束了的时候。这些代议制政府的美妙理论的小册子在11月20日出版，里昂就在21日作出了回答。里昂工人的回答表现得如此坚决，以至于任何人都不敢再提这位政论家的小册子了。

里昂事件在人们的眼里显示了多么可怕的地狱啊！整个国家看到这支忍饥挨饿的工人组成的大军冒着枪林弹雨，宁愿一死而不愿活着受辱，都感到怜悯。

不仅仅是里昂而是在全国各地，工人都被苛捐杂税压得喘不过气来，这些工人不久以前曾为胜利感到十分骄傲。因为这次胜利把他们走上政治舞台和自由的胜利联系在一起，这些工人曾经企图复兴整个欧洲，他们正为反对饥饿而斗争，饥饿已经使他们不再有足够的力气来对复辟王朝所带来的新旧耻辱表示愤慨了。甚至连奄奄一息的波兰呼声也不能转移他们对自己贫困的注意，他们留住了眼泪，以便为他们自己和他们的孩子哭泣。这些痛苦竟然使得他们这样快地忘却了被杀死了的波兰人，可见这是何等的痛苦啊！

……

先生们，你们对那些已经显示过他们力量的工人大肆凌辱，使他们现在的处境比迫使他们进行战斗以前的处境更加恶劣，难道不觉得有点轻率吗？使人民痛苦地认识到在胜利中受了温情主义的欺骗，这是明智的吗？你们能够肯定不再需要无产阶级的宽恕，以致敢于表示不再害怕无产阶级的报复吗？看来你们似乎认为只要事先夸大人民杀人抢劫的情景，不必采取预防人民报复的措施，好似夸大这种情景就是防备这种情景成为现实的唯一手段，把刺刀刺进那些在胜利后交出武器的人的胸膛是多么容易啊！

但是要磨灭人们对这次胜利的记忆，却不是那么容易的。你们花了将近18个月的时间，想一点一滴地重建在48小时内被推翻的一切，但是你们18个月的反动并不能动摇我们三天的事业。任何人类的力量都不能推翻既成的事实。一个人可以说有些前因没有后果，但是有没有人能说，有的后果没有前因呢？法国已经在6000个英雄的血泊中受孕了，她的分娩时间可能很长，很痛苦，但她的腹部是健全而有力的，害人的空论家不可能使她流产。

你们没收了"七月革命"的枪支。是的，但子弹已经打出去了。巴黎工人的每一颗子弹都在围绕世界转动，他们不断地打击敌人，而且将继续打击敌人，直到威胁自由和人民幸福的敌人一个不剩为止。

巴尔扎克葬词（1850年8月20日）

雨果

事件背景

维克多·雨果生于1802年，卒于1885年。19世纪法国伟大的作家、诗人，著名的社会活动家，法国浪漫主义文学的奠基人。他创作60余年，收获颇丰，长篇小说《巴黎圣母院》、《悲惨世界》、《九三年》已经成为世界文学史上不朽的名著。

巴尔扎克，法国优秀的现实主义作家，他的巨著《人间喜剧》也是世界文坛的瑰宝，中国读者熟知的《欧也妮·葛朗台》、《高老头》就出自其中。

各位先生：方才入土的人是属于那些有公众悲痛送殡的人。在我们今天，一切虚构都消失了。从今以后，众目仰望的不是统治人物，而是思维人物。一位思维人物不存在了，举国为之震动。今天，人民哀悼的，是死了有才的人；国家哀悼的，是死了有天才的人。

各位先生，巴尔扎克的名字将打入我们的时代，给未来留下光辉的线路。

巴尔扎克先生参与了19世纪以来在拿破仑之后的强有力的作家一代，正如17世纪一群显赫的作家，涌现在黎希留之后一样——就像文化展中，出现了一种规律，促使精神统治者承继了武力统治者一样。

在最伟大的人物中间，巴尔扎克是第一等的人；在最优秀的人物中间，巴尔扎克是最高的一个。他的理智的、壮丽的、辉煌的成就不是眼下说得尽的。他的全部书仅仅形成了一本书：一本有生命的、有光亮的、深刻的书，我们在这里看见我们的整个现代文化走动、来去，带着我说不清楚的、和现实打成一片的惊惶与恐怖的感觉。一部了不起的书，他题作喜剧，其实就是题作历史也没有什么，这里有一切形式与一切风格，超过培席特，上溯到徐艾陶诺，经过博马舍，上溯到拉伯雷；一部又是观察又是想象的书，这里有大量的真实、亲切、家常、琐碎、粗鄙，但是骤然之间就是现实的帷幕撕开了，留下一条宽缝，立时露出最阴沉和最悲壮的理想。

愿意也罢，不愿意也罢，同意也罢，不同意也罢，这部庞大而又奇特的作品的作者，就在自己不知道的时候，加入了革命作家的强大的行列。巴尔扎克笔直地奔到目的地，抓住了现代社会脉搏。他从各方面揪过来一些东西，有虚像，有希望，有呼喊，有假面具。他发掘恶习，解剖热情。巴尔扎克由于他天赋的自由而强壮的本性，由于理智在我们的时代所具有的特权，身经革命，更看出了什么是人类的末日，也更了解什么是天意，于是面带微笑，心胸爽朗，摆脱开了那些令人望而生畏的研究，不像莫里哀，陷入忧郁，也不像卢梭，起憎世之心。

这就是他在我们中间的工作。这就是他给我们留下来的作品、高大而又坚固的作品、金岗岩的雄伟的堆积——纪念碑！从今以后，他的声名在作品的顶尖熠熠发光。伟大人物给自己安装座子；未来负起放雕像的责任。

他的去世惊呆了巴黎。他回到法兰西有几个月了。他觉得自己快要死了，希望再看一眼祖国，就像一个人出远门之前，要吻抱一下自己的亲娘一样。

他的一生是短促的，然而也是饱满的；作品比岁月还多。

唉！这强有力的、永不疲倦的工作者，这哲学家，这思想家，这诗人，这天才，在我们中间，过着暴风雨的生活。今天，他安息了。他走出了纷争与仇恨。他在同一天步入了光荣，也步入坟墓。从今以后，他和祖国的星星在一起，熠耀于我们上空的云层之上。

你们站在这里，有没有羡忌他的心思？

各位先生，面对着这样一种损失，不管我们怎样悲痛，就忍受一下这些重大打击吧。打击再伤心，再严重，也先接受下来再说吧。在我们这样一个时代，不时有伟大的死亡刺激充满了疑问与怀疑论的心灵，因而对宗教发生动摇；这也许是适宜的，这也许是必要的。上天使人民面对着最高的神秘，对死亡加以思维，知道自己做的是什么。死亡是伟大的平等，也是伟大的自由。

上天知道自己做的是什么，因为这是最高的教训。一个崇高的心灵，气象万千，走进另一世界，他本来扇着天才的看得见的翅膀，久久停在群众的上空，忽而展开人看不见的另外的翅膀，骤然投入了不可知。这时候每个人心所能有的，只是庄严和严肃的思想。

不，不是不可知！不，我在另一个沉痛的场合已经说过了，我就不知疲倦地再说一遍吧：不，不是夜晚，而是光明！不是结束，而是开始！不是空虚，而是永生！你们中间有谁嫌我这话不对吗？这样的棺柩，表明的就是不朽。面对着某些显赫的死者，人更清清楚楚地感到这种理智的神圣命运，走过大地为了受难、为了洗净自己。大家把这种理智叫做人，还彼此说：那些生时是天才的人，死后就不可能不是灵！

我愿为正义付出生命（1859年）

布 朗

事件背景

约翰·布朗生于1800年，卒于1859年。美国废奴运动的杰出代表和领袖。他为废除美国的黑人奴隶制进行了长期的斗争。

如果法庭允许的话，我有几句话要说：

第一，除掉我所始终承认的——即我的解放奴隶计划之外，我否认一切。我当然想作些此类正义事情，如我去年冬天所曾做过的，当时我到密苏里，在那里双方没有开一枪便带走了奴隶，通过美国，最后把他们安置在加拿大。我计划着在更大的规模上再去作这同样的事情。这就是我的全部企图。我从没有企图过暗杀或反叛或毁灭财富或煽动奴隶造反或暴动。

我还有一个抗议：那就是我受这样的处罚是不公平的。如果我以我所承认的方式进行干预此事，而且我们承认的业已基本证实（因为我敬佩在这个案件中作证的大部分证人的诚实和公正）——假如我这样的干预是为了富人、有权势者、有才智者。所谓大人物的人，或者是为了任何他们的朋友——无论是其父母、兄弟、姐妹、妻子、儿女，或者任何其中之一——而且受到损害和牺牲，如我在这次干预中受到的一样，那就好了，那么在这法庭上的每一个人都将会认为这种行为应当得到报酬而不应得到处罚。

我想这个法庭承认上帝的法律是正当的。我看到我在这里和它接吻的这本书，我想这里《圣经》，或至少是《新约全书》。它教导着我：愿意人怎样待我，我也要怎样待人；它又教导我："记着在缧绁中的人们，就如同和他们被监禁在一起一样。"我努力遵照这个教训行动。我说，我还太年轻，不能理解上帝是会偏袒人的。我相信如我所作的那样干预——如我所常常坦白地承认者，我曾是为了上帝的被人贱视的可怜虫的利益而行动，这不是错误而是正义的。现在在这个奴隶制的国度里千百万人的权利全被邪恶、凶残和不义的立法所摈弃，如果认为必要，我应当为了贯彻正义的目的付出我的生命，把我的鲜血，我子女的鲜血和千百万人的鲜血混合在一起——我请求判决。就让它这样办吧！

让我再说一句话。

我完全满意于我在审判中所受到的处置。从各种情况来考虑，这比我所期望的更为宽大。但我认识不到我的罪。开始我就曾说过什么是我的意图，什么不是我的意图。我是没有危害任何人的生命计划，也没有任何叛逆或煽动奴隶起义或发动任何总暴动的布置。我从没有鼓励过任何人去这样做，却总是打消任何这类的念头。

让我再说一句关于那些与我有关的人们所说的话。我听到他们中间有些人说我引诱他们和我联合，但事实却与此相反。我说这句话的目的不是来伤害他们，但是深为他们的弱点而抱憾。他们和我联合的没有一个人不是出自自愿的，他们中间有很多直接来找我的那天，我从没有和他们见过面，从没有和他们说过一句话：这就是为着我已经说过了的目的。

解放奴隶宣言 (1862年9月22日)

林　肯

事件背景

亚拉伯罕·林肯（1809－1865）美国第十六任总统。本篇是林肯在美国南北战争时期发表的著名宣言，宣布废除叛乱各州的奴隶制，解放黑人奴隶。这为取得南北战争的胜利，重新统一联邦起了重要作用。

我，美利坚合众国总统、陆海军总司令亚伯拉罕·林肯特此宣布，此后正如此前一样，战争进行的目的将为实际恢复合众国和各州以及各该州人民之间的宪法所规定的关系，此种关系在各该州内业已或可能暂告中断或受到干扰。

我将在国会下次会议上再次建议通过一项实际措施，对所有其居民当时没有反叛合众国，而这些州当时已自愿采取或今后将自愿采取在各自领域内立即或逐步废除奴隶制的所谓蓄奴州给予资助，此项资助由各州自行决定接受或拒绝。使非洲人后裔移居本大陆或其他地方的努力将在非洲人后裔本人以及事先取得的移民地政府的同意下继续进行下去。

从公元 1863 年 1 月 1 日起，凡在当地居民那时尚在反叛合众国的任何一州之内或一州的指明地区之内作为奴隶被占有的人，都应在那时及以后永远获得自由。合众国政府行政部门，包括陆海军当局，将承认并保障这些人的自由，当这些人或他们中的任何人可能为自己的实际自由而作任何努力时，不采取任何压制他们的行动。

行政首脑将于上述的 1 月 1 日，以公告指明哪些州或哪些州的哪些地区的居民那时尚在反驳合众国（如果有的话）。在那一天，任何一州或该州居民在合众国国会中有大多数合法选民参加的选举所选出的国会议员忠实地代表他们，这种事实如无强有力的反证，则将被视为该州及其居民没有反叛合众国的确实证据。

真实与感情（1875 年 1 月 6 日）

柯 罗

事件背景

柯罗生于 1796 年，卒于 1875 年。法国 19 世纪末期巴比松画派的代表画家。常住枫丹白露森林，以自然为摹画对象并相伴终生。

这是他给自己的学生的演说，也是他一生最后的演说。

如果我真的深受感动，那么我的真实感情也就会感染别人。艺术中的美——这是渗透着你直接欣赏风景时所得到的印象的真实。我在欣赏一个地方的景色时很激动……为了诚挚地描绘风景，我一分钟也不忘记把我抓住的那种感受。真实性——这是艺术的一部分；感情——是对真实性的补充。首先要在大自然中探索物的形，然后是色彩、调子的关系，然后考虑怎样画，而所有这一切都应该服从使你激动的心情。

我所感觉到的东西全是真实的东西，我看一个地方或一样东西，就被某种美好感动。不要丢掉这个印象，力求做到真实与准确，永远不要忘记赋予形象以使你激动的那种外貌。

我们丧失的诚实（1884年5月22日）

萧伯纳

事件背景

乔治·萧伯纳生于1856年，卒于1950年。爱尔兰现代杰出的作家，一生写过51部剧本、5部小说，另有论文、政论书籍等发表和出版。1925年他荣获诺贝尔文学奖金。

本文是萧伯纳在贝德福德辩论会上发表的演说。

我必须向你们提出的命题为"社会主义运动不过是维护我们丧失的诚实"。你们有些人会立刻想到，我对"诚实"的看法一定很奇怪。然而，我敢说，"诚实"并非你们的、或我的一种主观印象，而是一项可以准确界定的社会生活条件。其意义为，若某人为别人工作了1小时，则别人亦应为某人工作不少于1小时，在人人为自己工作——生产自己需要的每样东西的个人之间，不会出现诚实问题。但这只发生在鲁滨逊的一人社会里，因为这是一种很浪费的安排。男子砍树的能力比妇人强。妇人织长袜的本领比男子高。假设一妇人砍倒1棵树时，一男子能砍倒2棵，而此男子织成1双长袜时，该妇人能织成2双。进而假设此男子砍倒2棵树与该妇人织成2双长袜所用时间均为1小时。若各人仅为自己生产，妇人需要1棵树生火、1双长袜穿着，势必费1小时于砍树、半小时于织袜，共计1小时半。此男子有同样需要，亦必费半小时于砍树、1小时于织袜，共计亦1小时半。此男子与妇人须付出3小时之劳动，以满足他们生火和着袜之需要，若他们相互为对方工作，即可从此3小时中节约1小时。因两人共需2棵树和2双长袜，而男子1小时能砍2

棵树，妇人1小时能织4只长袜。让他们这样做，然后以1棵树交换1双长袜。他们只工作了2小时而非3小时，每人的需要照样得到了满足。两人各得到了半小时闲暇，而且谁也没有做损人利己的事。妇人为男子工作了半小时，男子也为妇人工作了半小时。这就是社会主义运动争取办到的事情。社会主义不是由国家组织劳动、不是取消竞争、不是平均分配现有一切财富、不是宣称某人同别人一样好或比别人好得多、不是给穷人较舒适的住宅、不是级差所得税、不是设街垒打仗，而许多人似乎相信这些事情就是社会主义。这些事情可能是迈向社会主义的步伐，或者是它的必须结果、或者是它的偶然事件，或者只是与制度的改变这种想法有关的历史性联想。但社会主义的基本原则是：人人必须为那些替自己劳动的人而诚实地劳动；每个人在偿还自己所消费的东西时，不损人利己；人人同等受益于最经济的劳动分配方式，就像上述织袜和砍柴的例子一样。既然如此，若此男子在一旁以拒绝为该妇人挥斧相协，或该妇人在一旁以拒绝为此男子持针相协，或一方用任何借口，强迫另一方完成此二人均应做的工作之绝大部分，就会出现社会主义来抗议劳动比例这不公平，并努力加以重新调整。现在要求社会主义的呼声响亮而真切，是因为公正的比例被严重破坏，许多身强力壮的人公然过着怠惰、奢侈的生活，而另外一些人虽然不停地辛苦劳动，却过着牲畜不如的生活。这一事实表明，有些人并不偿还自己消费的东西。换句话说，如果我们把一个人所生产的东西称作财产，那么上述行为就是无偿地掠走了别人的财产。

我们有时用"诚实"这个词形容一位忠实可靠的男子或一位贞洁的妇女。但我们不用"不诚实"去形容不可靠的男子或不贞洁的妇女。因为每当我们谈到一个"不诚实"的男子或妇女时，我们的意思是说，他们是强盗。强盗是干什么的，强盗是不给你任何东西作交换，就拿去你的财物的人。但是我们现在保护我们的资本家，理由为：他们都是劳工的大雇主。换言之，我们赞美一个人，是因为他给别人许多苦活干；他给的苦活越多，我们越赞美他。他雇许多人从早到晚为他劳动，显然不可能偿还他所消费的劳动的千分之一——简言之，他是一个厚颜无耻的强盗。可是，虽然如此，我们却不把他看作社会的败类，往往还送他进议会去制订对强盗与盗窃行为有利的各种法律。我们当然不是由于这种人肆意践踏公共道德才故意要他们掌权的。我们必定有某种先入为主的观念：强迫别人为己工作，就是向别人施恩。尽管这种悖论似乎非常丑恶可怕，但在奴隶制国家却站得住脚。无人愿意费神管理

一个奴隶,除非能从该奴隶的劳动中获利。如果奴隶对他已无用处,他会把奴隶卖给某个需要奴隶服务的人。如果无人需要该奴隶的劳务,他将被赶出去,并且必定会饿死,除非能找到一位新主人,因为主人们占有资源——人类必须通过劳动从这些资源中取得给养——而且不准别人、只准自己的奴隶使用这些资源。所以该奴隶是在死亡威胁下寻找一位主人的。由于奴隶们很多,他们在奴隶市场上成了滞销货。他们不得不把愿意给他们苦工做的任何人看作自己的恩人,认为自己蒙他拯救、免于饿死,实属幸运。此乃"劳工的大雇主即社会的恩人"这一流行观念之起源。

英国是个奴隶国家。这里的奴隶很多,且穷苦无助,所以不再被人当作动产在市场上卖出买进。他们是市场上的滞销货。现在没有人愿意买一个奴隶——不是由于认识到这样做不对而是由于买了无用,往往没有苦工给他做。假如一位聪明的火星人被告知,在英国,无偿消费别人财物的人被尊为此财物生产者之恩人,这位火星人会立刻猜想:英国必定在实行奴隶制度。并且会把坚持说英国已废除奴隶制的人视为白痴或说谎者。在奴隶国家产生的第二个悖论为:一个懒汉变成劳动者,就会伤害其他劳动者。比方说,要是一个对无所事事感到厌倦的奴隶主做起一个奴隶的工作来,他就会解雇该奴隶,从而剥夺其生活资料。在今天的英国,凡自愿到学校教书、到音乐会唱歌或表演、到社会团体任秘书或以任何义务工作人员的身份工作的每位绅士和淑女,都在伤害一些职业教师、演员,或者在其他方面受聘并领取工薪的职业人员。在自由公正的社会,要是还有职业与业余之分,业务活动者只会对职业人员有利,因为他们可免除后者的工作负担。在奴隶国家,免除一个奴隶的工作负担,意味着取消他的工资、使他挨饿。另外还有第三个悖论。在奴隶为市场滞销货的奴隶国家,对奴隶来说,主人越骄奢越好。主人的需要就是奴隶的机会。浪费的主人需要许多奴隶。他向奴隶们开放他的土地,条件为:他们除了种自己必不可少的口粮外,给主人种他想要的一切食物。他想要的越多,靠这种条件存活的奴隶也越多。他想要的越少,靠这种生活条件下来的奴隶也越少。因此,懒惰和奢侈成了奴隶主的美德。穷人总是憎恨、鄙视节俭的贵族,赞美挥霍者。任何地方的职业人员都憎恨那些取代了自己的工作的业余活动者。这种感情是完全合理的。经济学家们已经成功地证明,在自由公正的社会,奢侈以及豪富而懒惰阶级的存在,纯粹是罪恶。以为英国是个公正自由的社会,自然都相信经济学家们的观点:英国的穷人不该赞美挥霍浪费。知道英国是个奴隶国家的人，才知道穷人是对的。对经济学一知半解的人，喜欢用陈词滥调去证明；打碎一扇窗，虽然可使装玻璃的工人得到一份活干，却并不有利于社会。可是，如果我能这样做而不受惩罚，我将毫不犹豫地打碎每年租金 100 磅及 100 磅以上的房子的每扇玻璃窗。

假如说 6 小时有效劳动交换 6 小时有效劳动，用 10 小时有效劳动交换 10 小时有效劳动，如此类推而不顾及其中所需技能的程度高低，其结果就是社会主义。反之，假如说不按一个人的胃纳，而按他的脑容量来让他进餐，其结果就是个人主义，因为个人主义是建立在"跳得最高的狗必将抢到最大的骨头"这一观念上的。假如大家都同意：你们中间最伟大的人物应该成为其余所有人的主子，就像母亲是她孩子的支配者一样，结果就是专制主义。如果大家清楚地认为，你们中间最伟大的人物应该成为其余所有人的仆人。像一位好母亲是她孩子的仆人而不是暴君一样，结果就是基督教，不过只有在社会主义已大势所趋之后，彻底否定并抛弃救世主这一要领，才能达到这样的结果。如果你们没有什么鲜明的原则，仅像迷途的羔羊般彷徨困惑，各人不是走自己选定的路，而是随波逐流，结果就是现在的情形。今天，一个中产阶级的青年的命运相当可悲。他如果很聪明，可能会取得当医生的资格，将来照顾强盗们，帮助他们生育懒汉。他也可以去当律师，在强盗们争吵时分到一点不义之财。他还可以当牧师，在布道坛上说明摩西、耶利来和耶稣基督的教义基本上与邮政部长说的道理相同。如果他是个穷人，也未能通过政府任职资格的竞争性考试，他 15 岁时就可能当某个办公室的勤杂工；以后，在某次经济危机中，他可能推动这份微薄的收入，为了活命而把强盗和赌棍奉为自己的绝对主人，给他们数钱。我想提醒他，不如去当个社会主义者。他或许会拒绝我的忠告，因为那些从现有制度获得利益最少的人，往往最害怕因涉嫌颠覆现有制度而推动仅有的一点东西。

最后，我可以说，并非任何人都必须成为社会主义者，也没有必要以任何方式让自己为社会主义运动而烦恼。甚至连穷苦受难者也乐于得知，他们的苦难是无法解除的，因为得知这一点后能使他们摆脱那种想要发送自身境况的令人烦恼的责任。至于富有的人更乐于得知，他们的富有也是命中注定的。这样，普通的宿命论经济受到了所有阶级的欢迎，而社会主义只能为少数人所接受。这些人不过是精力过剩、需要发泄、而且欣赏所谓诚实的义愤这一奢侈品而已。可惜社会主义经济实际上也是宿命论经济。进货不会因大

多数人不懂得达尔文或不相信达尔文而止步;你们也可以把卡尔·马克思及其学派说得一文不值,却仍丝毫不能阻止那些已引起你们注意的力量之行动。假如不巧,那些力量把你们碾成齑粉——这是很可能的,你们或许可以用这样反省来安慰自己:既然你们一直是你们时代的忠诚儿子,又始终踏实于你们时代的原则,受你们时代的意向支配,那么你们被碾成齑粉的日子来得越早,你们身后的世界因而将变得越好。

理想的生命(1903年)

比昂松

事件背景

比昂斯腾·比昂松生于1832年,卒于1910年。挪威著名的戏剧家、诗人、小说家、社会活动家。1903年获诺贝尔文学奖,这篇讲演即其获奖时发表的。

今天,我很荣幸能和大家一起谈谈自己对文学的看法。

很多年来,每当我想到人类的奋斗,脑海中都会浮现出一幅情景:在无止境的过程中,人们所走的道路并不是始终如一的直线,但总是向前延伸,人们被一种不可抗拒的力量所激励,先是直觉,然后又有意识,但是,人们的前进并不全依赖于意识。在意识与潜意识之间,还有想象力,它可以让我们预测到人们未来前进的方向。

在人的意识中,善恶观念是最重要的了。可以说,意识的主要作用就在于分辨善恶,没有人能不分善恶而悠然自得地生活。我不明白的是,为什么有人主张创作可以不顾道德良心,不顾善恶观念;如果真的如此,我们的心灵不就要像照相机一样,看到景物就照,不分美丑善恶吗?

我不愿再谈论那些现代人,他们自以为是地想扔掉人类千百年来积累的遗产,他们不知道,这正是我们人类能够繁衍至今,息息相传的主要依靠。我不明白他们用意何在,他们的观点不是缺乏远见吗?他们似乎不知道,他们的形象是多么丑陋,令人心寒。

我们不必太认真地去寻求答案了。那些人,不过是比我们更敢于摆脱道德来贬低自己，他们和你我最大的不同在于，我们愈推崇道德，他们愈背叛道德，虽然他们未必敢完全以非道德的面目出现。今天很多指导性的思想在当年是十分富于革新意识的。我们也可以说，不在作品中刻意宣传的人，其实往往是最诚恳、最认真的人，文学史上很多事例说明，一个名叫精神解放的作家，往往其作品更富有宣传煽动的意味。而我们看到，希腊大诗人都能看破红尘，窥尽生死，莎士比亚的作品则像是一座条顿民族精神的纪念碑，不论风云变幻，巍然屹立；对他来说，世界是一座大战场，他以诗人的正义感，以无限的生命潜力及自己绝顶崇高的生命信念来领导这场战争。这样的作家，是多么叫人心悦诚服！

　　如果我们真能如愿让莫里哀和霍尔伯格剧中的角色复活，看着这些穿着花边戏服、戴着假发的人矫揉古怪地行动，你会发现，他们的夸张和宣传性就像他们冗长啰唆的台词，同样令人生厌。

　　让我们再来谈谈这座条顿民族的纪念碑。歌德和席勒不是为它带进了一丝乐园的和风吗？对他们而言，生命与艺术是欢乐而美丽的，大地永远风和日暖，沐浴在这种气氛中的人，都带有某种希腊诸神的性格，如小特格纳、小欧伦施拉格、小威格兰以及拜伦、雪莱等人。

　　即使这种时代气氛已经过去，我也可以再举出两位这种类型的人：第一位是我的一位身染重病的挪威朋友，他曾在挪威海岸设立了很多灯塔，为夜航的水手们引路；还有我们的邻国芬兰也有一位这样的老人，他们的行为似乎只是比一般人有更高尚的动机，但他们的爱心使无数人受益，他们长年累月默默奉献的精神，如同夜风中一把不灭的火焰。

　　我不打算再谈论文学中那些宣传的东西，过多谈论是有害的。如果在作品中，宣传与艺术比例适当，那是无害的。但刚才我们提到的两种大作家中，前者的警告固然令人心惊胆战，后者那种对人性的观察，对我们用理想加以引诱，也同样令人心惊胆战。尽管如此，面对眼前的道路，我们绝不能松懈自己的斗志，不能退缩。生命原本是坚强的、向上的，就像大地经过天灾人祸而仍然生生不息，我们可以用自己的信念来证实这一事实。

　　最近，我特别钦佩法国作家雨果。他依靠自己生命的信仰产生精妙绝伦的想象力，使作品呈现出丰富的色彩。虽然有人批评他的作品善于取巧，但我还是认为，他作品中充溢着的生命的活力足可以弥补这一切。真实地说，如果作品中的善没有比恶多，那么，我们人类早就没有希望了。任何否认这种生命真相的描写都是歪曲的，都只是错误的想象，应该记住，强调生命的黑暗面，对我们是无益的。

懦弱和自私的人无法面对痛苦的现实人生，而我们这些平凡的人却能够。然而，这些刻意渲染黑暗以使我们胆怯的作家中，有谁能保证生命未曾、或不可能带给我们快乐？如果能，我们是否就会心甘情愿地按着作者在书中为我们安排的路子去生活？这一切，都仅是作者的幻想，何况生命的本来面目并不是这样。颓唐与沮丧终归不好，但最不能令我们服气的是，这种对生命持盲目否定态度的悲观主义作家，是不值得我们听从的。

我们在文学中追求的是一种有意义的生命，它虽小如露珠，却可以在风雨中自由驰骋，有了这点精神，我们会坦然而无畏，没有它，我们会觉得迷惘惆怅。

可见，我们这种"过时的"是非善恶观念早已在心头牢牢扎根，也在我们生命的各个方面不自觉地流传着，它意味着我们对生命与知识的热望，而作者只有把同一本书印成千万本到处流行，到处传播这种信念，他的工作才有意义。

一个人越敢于承担重任，他就越意气风发；如果一个人有足够的胆识与能力，他就没有什么该讲而不敢讲的话，没有什么该做而不敢做的事，更没有什么心虚畏怯之处。

这就是我所要捍卫的理想，我一直衷心地信仰它，我绝不赞成作家逃避责任，相反我主张作家担当起更大的责任，因为他是带领人类前进的舵手。

我非常感谢文学院能肯定我在这方面所做的努力，现在我想举杯向那些主张创作健康而又高贵的文学，并且获得成功的作家与作品致敬。

镭的发现和对镭的担忧（1905年6月6日）

皮埃尔·居里

事件背景

皮埃尔·居里生于1859年，卒于1906年。法国著名的物理学家，放射性研究的创始人之一，曾荣获诺贝尔物理学奖。他与居里夫人一起进行放射性研究，经过无数次充满艰辛的实验，终于发现了化学元素钋和镭。1906 年不幸因车祸去世。

  首先请允许我告诉大家，今天我非常高兴能在这里向皇家科学院讲演。皇家科学院决定把诺贝尔奖这一极大的荣誉授予居里夫人和我本人。我们应该感到歉意的是，由于一些我们自己也无法控制的原因，我们没有能早日在斯德哥尔摩同大家见面。

  今天我要讲的是"放射性物质"的特性，或者说"镭"的特性。我不可能只讲我们自己的研究工作。在 1898 年开始研究这个题目的时候，只有我们两个人和贝克勒尔对此问题感兴趣，但是从那时以后，越来越多的研究工作出现了，如果不讲这些物理学家们的研究成果，那么放射性也就无从谈起。这些人有卢瑟福、德比尔纳、埃尔斯特、盖泰耳、盖斯勒、考夫曼、克鲁克斯、拉姆赛和索迪。我只谈其中的几位，他们使我们对于放射性的认识有了重要的进展。

  关于镭的发现，我想快一些讲过去，对它的特性只作简要的概括，然后向大家讲放射性的发现在科学各个分支中给我们带来的重大成果。

  1896 年贝克勒尔发现了"铀"及其化合物的特殊的放射性。铀放射出的微弱射线可在照相底板上留下痕迹。这种射线可穿透黑纸和金属，可使空气导电。这种辐射不随时间而变化，但产生这种放射性的原因并不清楚。

  法国的居里夫人和德国的施密特都指出，钍及其化合物也具有这种性质。1898 年居里夫人又指出，在实验室制备或使用的化学物质中，只有含铀或钍的那些物质才放射出一定量的贝兜勒尔射线。我们称这些物质为"放射性物质"。

  这样，放射性本身是铀或钍的一种原子特性。如果一种物质含铀或钍的量越多，它的放射性也就越强。

  居里夫人研究了含铀或钍的矿物。按照刚才所讲的观点，这些矿物都是放射性的。但是在测量时她发现，这些矿物的放射性比它们含铀或含钍的量所对应的辐射强很多。居里夫人认为，这些特质中含有我们尚未认识的放射性化学元素。居里夫人和我决定在一种铀矿物——"沥青铀矿"中寻找这种设想的新物质。我们对这些矿物作了化学分析，对分别处理的每批矿物的放射性进行化验。首先我们发现了化学性质与铋很相似的第二种强放射性物质，

我们称它为"镭",最后,德比尔纳又分离出属于稀土族的第三种放射性物质"锕"。

这些物质在沥青铀矿中只是微量存在,但它们的放射性很强,比铀的放射性大200万倍。经过大量的处理工作,我们成功地获得了足够数量的有放射性的钡盐,以使用分馏法从中提取纯盐形式的镭。镭是碱土族中比钡序数大的同族元素,它的原子量经居里夫人测定是225。

镭的放射性产生的效应很强,而且有各种不同的效应。

镭这种放射性物质是一个持续不断的能源,它的放射性可以表示出它的能量。在我与拉博尔德合作的研究中还发现,1克镭每小时连续释放的热量达418焦。卢瑟福和索迪,朗格和普里希特,还有埃格斯特朗,都曾测量过镭释放的热量。看来,能量的释放经过数年后仍将是不变的,因此镭释放的总能量是相当惊人的。

许多物理学家,如迈耶、施威德莱尔、盖斯勒、贝克勒尔、皮埃尔·居里、居里夫人、卢瑟福和维拉德等人的研究工作指出,放射性物质放射出三种不同的射线。卢瑟福把它们命名为 α 射线、β 射线和 γ 射线。三种射线的不同点表现在磁场和电场对它们的作用不同:磁场和电场能改变 α 和 β 射线的轨迹。

β 射线与阴极射线相似,其特性很像质量为氢原子 1/2000 的带负电粒子(电子)。居里夫人和我已经确定 β 射线带负电。α 射线与哥尔德斯坦发现的射线相似,其特性很像 β 射线重 1000 倍的带正电的粒子。γ 射线与伦琴射线相似。

当固体物质置于放射性物质周围有放射性的空气中时,它也会变成有放射性的。居里夫人和我发现的这个现象叫做"感生放射性"。这种感生放射性同有放射性的空气一样,也是不稳定的,各自按特定的指数规律自发地衰变。

看来,铀、钍、镭、锕的放射性在若干年内是不变的,但钋却按指数规律衰减着,140天衰减1/2,若干年后它将几乎完全消失。

这些都是极为重要的事实,是经过许多物理学家的努力而被证实了的。

这些事实的重要意义正在各门学科中显示出来。对于物理学来说意义是明显的。在实验室中镭成了研究工作的一种新的手段,是一个新的放射源。对于 β 射线的研究已取得了丰硕的成果。这项研究证明了 J. J. 汤姆逊和亥维赛关于运动中的带电粒子的质量的理论。如果假设物质是由带电粒子集合而成，那么看来力学的基本原则就要从根本上加以修正。

对化学来说，认识放射性物质的特性，意义或许更为重大，它使我们认识了一种维持着放射现象的能源。

在开始研究的时候，居里夫人和我就认为，此现象可用两种不同的一般假设来解释。关于这种假设，居里夫人在1899年和1900年作过阐述。

1. 第一种假设：放射性物质从外界摄取能量并加以释放，因此这种放射是二次辐射。

2. 第二种假设：放射性物质释放的能量出自物质本身，因此放射性物质处在变化当中，它们缓慢地逐渐衰变，尽管某些物质的状态在表面上是不变的。镭在数年中释放出的热量如果与相同重量的物质在化学反应中释放的热量，如果与相同重量的物质在化学反应中释放的热量相比，那是非常巨大的。然而，释放出的这些热量只不过是少量的镭在衰变中放出的能量，这些镭少得甚至衰变数年后还察觉不出。这就使我们得出一种假设：放射性物质的衰变要比普通的化学变化深刻得多，原子的存在可能要成为问题，因为放射性衰变是元素的转化。

放射性现象对地质学也有意想不到的重大意义。例如，人们发现在矿物中镭总是与铀伴生，甚至还发现，在所有的矿物中镭和铀的比例是一个常数（鲍特伍德的发现）。这就证实了镭是从铀产生的想法。这一理论也可以推广去解释在矿物中经常存在的其他元素共存的现象。可以想象到，某些元素是在地球表面的一定区域形成的，它们是在一定时间内由其他元素产生的，这个时间可能就是地质年代的标志。这是一个新的观点，地质学家们将会加以考虑。

最后，在生物科学方面，镭射线和镭射气产生了令人感兴趣的效应，目前正在被人们研究着。镭的射线已用于治疗某些疾病（狼疮、癌症和神经方面的疾病）。在某些情况下射线的作用可能会有危险性。如果一个人把装有数十毫克镭盐的小玻璃瓶放在一个木盒或纸盒中放在口袋里几个小时，这个人决不会有任何的感觉，但是经过15天以后，他的皮肤就会发红，然后就是疼痛，再想治愈是很困难的。如果受放射作用的时间再长，人就会瘫痪而死去。镭必须封在厚的铅盒中传送。

可以想象到，如果镭落在恶人的手中，它就会变成非常危险的东西。这里可能会产生这样一个问题：知晓了大自然的奥秘是否有益于人类？从新发现中得到的是裨益呢,还是它将有害于人类?诺贝尔的发明就是一个典型的事例。烈性炸药可以使人们创造奇迹,然而它在那些把人民推向战争的罪魁们的手中就成了可怕的破坏手段。我是信仰诺贝尔的人们当中的一个,我相信人类从新的发现中获得的将是更美好的东西,而不是危害。

坚定的人创造生活（1907年3月22日）

巴甫洛夫

事件背景

巴甫洛夫·伊凡·彼德罗维奇生于1849年,卒于1936年。俄国著名的生理学家。1904年,以条件反射理论和消化的生理研究获得诺贝尔生理学奖。本篇是在纪念谢切诺夫（生理学之父）去世两周年大会上的演讲。

敬爱的先生们:

从这次起,彼得堡俄罗斯医师协会将每年召开纪念伊万·米哈洛维奇·谢切诺夫教授的大会。对于这样一个节日,俄罗斯医师协会是有特殊权力来庆祝的,因为伊万·米哈洛维奇的最光辉的时期是他科学活动的初期,这时他是在医学外科学院任教授,而我们协会从一产生起就与这一机构有着极密切的和不可分割的联系。

另一方面,谢切诺夫也有权接受这种纪念,因为他是给俄罗斯生理学奠基的一位学者。俄罗斯的智慧参加这一门重要学科——生理学的探讨,是从伊万·米哈洛维奇开始的。

这样的创举,需要有特殊的天才、特殊的性格,而这些特点在伊万·米哈洛维奇身上都明显地表现出来了。他不仅创造了俄罗斯的生理学,并很快就为它争得了光荣的地位。

我们应该公平地承认,伊万·米哈洛维奇为中枢神经系统活动的机制的学说铺设了真正的奠基石,他阐明这一学说中的如下要点。

1863年,他发现了能够抑制反射的中枢的存在。

他认为,如果在普通的脊髓反射的兴奋的同时,刺激脑髓的某一特定区域，那么脊髓反射就会受到抑制。数年后，他的学生在他的指导下发现了这一件完全相反的事实：就是在刺激脑髓的其他部位时，所发生的不是脊髓反射的抑制，而是反射的增强。最后，他证明中枢神经系统中存在有一种异常重要的性质——神经过程的惰性，它是刺激总和的基础。他指出：反射装置的单个刺激不能引起反射，引起反射需要有很多刺激。

伊万·米哈洛维奇发现的这一事实，是中枢神经系统学说的最重要的事实。

神经活动的全部发展，正如它在人脑的精神表现中所显示的那样，都有基于神经系统的这种性质——慢慢地转入运动，慢慢地安静下来。

我上面说的都是关于伊万·米哈洛维奇的科学功绩，现在我再来谈一下他的个人品质。

伊万·米哈洛维奇是这样一位极其少见的学者，他一旦订出某一计划，就一直把它进行到底；事实非常明显，正是这样坚定的人才能创造生活。他工作了一生，从来不知疲倦。1905年9月，他带着新的计划回到莫斯科，但是，一个月后他就与世长辞了。因此，他终生坚持在科学岗位上。

学者的一生是在特殊的气氛中度过的，他必须经常地可以说是俯首于真理。

照理讲，学界人士在社会生活中也应该按照他固有的优点——客观与公正进行活动。而实际上远非如此，这难道还用说明吗？

但是，伊万·米哈洛维奇在这方面却幸而是一个很少见的例子。下面我举他生活中的两件事情。

伊万·米哈洛维奇刚到彼得堡时，立刻就显示出他的科学天才和演讲天才，于是人们推他做科学院的候选人。伊万·米哈洛维奇却不顾情面和地位回答说，他在科学中做的还是太少，不足以享受这种荣誉。

第二件是关于他辞掉在医学科学院中的教授职位的事。伊万·米哈洛维奇曾大力推荐那位现在已为大家熟悉的梅季尼柯夫到动物学讲座来补充当时的空额。他那时就很赞扬这位学者的天才。可是委员会却偏偏给他另一位较差的科学家，于是伊万·米哈洛维奇认为委员会在这件事上做得不合惯例，他认为不可能在科学院继续留下去。他辞职了，使自己处于居无定所的境遇。

像伊万·米哈洛维奇·谢切诺夫所具备的这种卓越的、特殊的和高贵的个性，应该永远活在后来人的记忆中，永远成为世世代代后人的鼓舞者。据我看来，我们每年召开的纪念会在某种程度上是会达到这个目的的。

是自然主义还是理想主义（1908年）

欧　肯

事件背景

鲁道尔夫·欧肯生于1846年，卒于1926年。德国著名的哲学家。1908年获得诺贝尔文学奖，本篇是他的获奖演说。

在人类历史中有一些始终存在而又常新的疑问，这类疑问之所以始终存在，是因为任何生活方式都产生对这类疑问的一种回答；之所以常新，是因为构成某种生活方式基础的社会背景不断变化，当发生某种社会变迁的时候，几代以来视作当然的真理就变成了尚未解决的问题，从而产生矛盾和困惑。

这类疑问之一就是今天要讨论的自然主义与理想主义的区别问题。这两个用语古已有之，但其意义朦胧不清，因而产生了许多歧义。然而为了方便，我们还得勉强使用这种流行的用语，尽管这样不太妥当，因为这两个用语不足以概括人性的各种差异，而这些差异跟我们对整个现实的态度和我们在生活中的全部活动密切相关。换句话说，由于我们的思想和行为，必然要提出这样的疑问：人是不是受自然支配的？人在本质上究竟能不能超越自然？人与自然的关系密不可分，这是大家都同意的。但是人的存在、行为与痛苦是不是受这种关系的支配？或者是否还有另一种引导人类进入一种新的现实的人生？这问题过去曾一再讨论，但现在依然被激烈地争论着。一种意见代表着自然主义的立场，另一种意见代表理想主义的立场。这两种立场回答上述问题及其采用的方法截然不同：另一种人生只是一种想象，必须从我们的意见和制度中完全排除。我们应该以人与自然之间的密切关系为出发点，努力使人生所具有的自然特征得到充分体现。这样人才能重新与它不可分离的起源结合。可是如果承认人具有一种超自然的内在因素，我们的课题大概就会尽可能有力地支持这一观点，让这种人的内在因素与外在自然界形成鲜明的对照。在这种情况下，人生在人的内在因素中将居中心地位，并从这个观点出发关照自然界。这种对自然界看法的明显不同，已经明确地预示了精神在自然主义与理想主义中的不同位置。当然，自然也与精神生活有关，甚至有时对人生都有深刻影响，可是由低级的精神活动支配的自然性人生是外在的，不能超越自然的物质范畴，其目的只在于维持肉体的生命。人所具有的心理活动、智慧以及应变的能力可以补充人类的欠缺，但也只是具备了动物的优良本能——强壮、动作迅速、感觉敏锐等等，生命仍然是无目的和无内容的，只是若干优良本能的集中而已。这种生命既不会与生命内部本质合一，也不能构成特有的内在世界。这种生命的行为决不会指向内在目的，只指向维持生命的功利目的。依其目的而言，自然主义只要人的生命符合自然的形式，而理想主义则让人的内在本质呈现于外部。照理想主义来看，没有共同性的生命现象会在涵盖一切的内在世界中结合起来。理想主义也要求人的生命受其特有的价值观念、目标以及真善美的支配。从这一观点来说，把一切努力都指向实现性这一目标，是对人的一种难以忍受的侮辱，同时也是对人的伟大与尊严的一种背叛行为。这种不同的思考方向、互不相容的态度，似乎无法找到共同点，我们也已经被迫做出两者择一的选择。

　　我想，我们可以满怀信心地说：确是如此，在本质上我们的内在大都存在伟大的动向，可以实现新的生活方式。要认识这点，只需把个别现实当作整体思考，正确认识这整体的重要性就够了。在这之前，我们的论点是把生命看成主体与客体、人与世界、能源与物质之间的某种东西。然而，事物只能从外部接触，因而内部是不可知的。可是现在，理性活动已将对象纳入生命过程，也深入人的灵魂，以自己性命的一部分唤醒我们，使我们活动。歌德这类艺术家的创作活动就是明显的例证。我们把这类创作活动称之为"客观的"，但不能说作品中表现的外在世界是未加入精神作用的存在，而应该说外部对象已成为精神的一部分。能源与物体之间有着千丝万缕的联系，它们互相结合、彼此提高、产生丰富而完整的实体。在这种生命中，不是精神注入物体，就是物体中的精神发挥了作用。能源对物体发挥作用，才丧失了原来的不确定性，使这物体的性质显示出来。诗有如魔术师，把语言赐予事物，事物便可宣称自己的存在。可是事物只有在诗人的精神中，也就是在内在世界里，才显得栩栩如生。与艺术相似的情况也常出现在日常生活——即法律

与道德中，也常出现在人际关系中，起先看来是陌生的人，一旦与自己重叠，便进入自己的生命领域。把疏离的他人化为自己的过程，在这两个个体最高层次的关系——爱中表现得最为明显，爱把自己与他人之间的鸿沟完全填平了。未知的存在变成了自己生命不可缺少的一部分。如果我们在别人身上看不到自己的生命与存在，大概就不能爱自己的同胞、自己的国家或整个人类。另一方面，探求真理还与我们内在生命的扩大有关，因为如果客体不存在于我们的生命中，如果认识客体所付出的努力无助于我们认识自己的存在，我们怎么会那样强烈地希望认识客体呢？

从我们这时代特有的经验和需要产生了恢复理想主义的强烈要求。人类的活动领域不断扩大，加上为了生存而作的努力使人生的意义显得朦胧，并丧失了主要目标。要是没有精神上的经常冲击，我们大概就没有希望重新看到那一目标。纷乱的现代生活已呈现出退化的征兆，同时也显示出对人性复归与探求的冲动。如果人完全受自然过程的必然性支配，这种探求不是毫无意义吗？精神活动常受这无意义的兴趣的问题。如果我们能，那就要齐心协力，看清目标，否则就会受制于无意义的事物。现在这种情况很多，在混乱的现实生活中，崇高与低下、真实与虚假几乎无法分清；既不能鉴别有真正价值的东西，也无力认识伟大或使人类生活充实的事物。我们必须区别麦粒与稻壳，而且必须在集中性的行为中集聚时代所给予的珍贵礼物，也就是集聚善与奉献的精神财富。这必须成为共同努力目标，赋予生命以新的价值。可是如果没有生命内在的完善，以超越原来的自然状态，提高人类，我们怎么能实现这一目标呢？

自然主义与理想主义的对抗并非只限于生命的外表，在任何个别的领域里都可以发现反映整体信念的东西。满足现实的贫困生活，只求某些方面的改善；相信世界的进步并进行宣传，又能在发现新目标、新动力方面作出贡献，这两种态度大不相同。以文学为例，自然主义不承认文学有内在独立性或者不给文学以主动权。文学如要只是时钟的指针，就只能如实摹写、记录事件，这也许可以使人更了解那一时代的要求，但这种文学会限制创造性，对提高人的自我意识与人性不能有所贡献。同时这种文学必然缺乏感人的力量，因为这种力量是随着心灵的动向而产生的。如果说文学能从根本上改变人生，也就是说文学可能把人生提到更高的高度，如果还认为文学有责任帮助人们提高人生的层次，那么文学的作用就完全不同了。这时，由于文学表现并完善人的精神产物,才对构成生命、领导时代有所贡献。由于文学描绘出混乱的现实生活的概貌,把与提高人性的重要问题展现出来,说明其重要性,才使模糊的物象变得鲜明和确切。而且文学能够向我们提示永恒的真理,将生活提高到超越日常的纷繁内容的高度,并给生活在黑暗中的人们以生存的信心。阿尔弗雷德·诺贝尔这项奖,给文学以更大的荣誉,使文学可以更好地扮演它理想中的角色。

爱国要培养完全的人格(1916年)

蔡元培

事件背景

蔡元培(1868-1940),中国民主主义革命家、教育家。浙江绍兴人。清光绪进士,翰林院编修。1902年发起组织中国教育会,创办爱国团体,宣传民主革命思想。1905年参加同盟会。1907年留学德国。归国后首任南京临时政府教育总长。

本篇是蔡元培1916年在上海女子学校的演讲,表现了他进步的爱国主义教育观。他认为,爱国首先要培养完全的人格。演讲者深明教育的重要以及它与体育智育的辩证关系。今天我们的学校教育仍是强调"德育、智育和体育",强调三者的全面发展,强调德育的统帅作用。全篇首尾呼应,浑然一体。而另一突出特色,则是具有强烈的针对性。蔡元培是教育家,他是在女子学校讲演,讲演的背景是"五四"运动爆发的前几年。这一切使蔡元培"三句话不离本行"。以后他专讲爱国问题、学校教育问题、女子独立问题。这些问题,正是人们关心的问题,因此也就是很有针对性的问题。

本校初办时,在满清季年,含有革命性质。盖当时一般志士,鉴于满清政治之不良,国势日蹙,有如人之罹重病,恐其淹久而不可救药,必觅良方以治之,故群起而谋革命。革命者,即治病之方药也。上海之革命团体,名中国教育会,革命精神所在;无论其为男为妇,均应提倡,而以教育为根本。故女校有爱国女学,男校有爱国学社,以教育会会员担任办理之责,此本校校名之所由来也。其后几经变迁,男校因苏报案而解散;中国教育会,亦不数年而同志星散；惟女校存立至今。辛亥革命时，本校学生，多有从事于南京之役者，不可谓非教育之成效也。当满清政府未推倒时，自以革命为精神，然于普通之课程，仍力求完备，此犹家人一面为病者求医，一面于日常家事，仍不能不顾也。至民国成立，改革之目的已达，如病已医愈，不再有死亡之忧，则欲以爱国之名称，其精神在提倡革命，而在养成完全之人格。盖国民无完全人格，欲国家之隆盛，非但不可得，且有衰亡之虑焉。造成完全人格，使国家隆盛而不衰亡，真所谓爱国矣。完全人格，男女一也，兹特就女子方面讲述之。

夫完全人格，首在体育，体育最要之事为运动。凡吾人身体与精神，均含一种潜势力，随外围之环境而发达。故欲其发达至何地位，即能至何地位。若有障碍而阻其发达，则萎缩矣。旧俗每为女子缠足，不许擅自出门行走，终日幽居，不使运动，久之性质自变为懦弱。光阴日消磨于装饰中，且养成依赖性，凡事非依赖男子不可。苟无男子可依赖，虽小事亦望而生畏，倘不幸地有战争之事，敌兵尚未至，畏而自尽者比比矣，又安望其抵抗哉！是皆不运动不发达其身体之故，卒养成懦弱性质，以减杀其自卫能力与胆量也。欧美各国女子，尚不能免此，况乎中国。闻本校有体育专修科，不但各科完备，且于拳术尤为注意，此最足为自卫之具，望诸生努力，切勿间断。即毕业之后，身任体操教员者，固应时时练习，即担任别种事业者，亦当时时练习。盖此等技术，不练则荒，久练益熟，获益匪浅也。

次在智育，智育则属精神方面。精神愈用愈发达，吾前已言及矣；盖人之心思细密，方能处事精详。而练习此心思使之细密，则有赖于科学。就其易于证明者言之：如习算既可以增加知识，又可以使脑力反复运用，入于精细详审一途。研究之功夫既深，则于处世时，亦须将前一事与后一事比较一番，孰优孰劣，了然于胸。而知识亦从比较而日广矣。故精究科学者，必有特别之智慧，胜于恒人，亦由其脑筋之灵敏也。

更言德育，德育实为完全人格之本，若无德，则虽体魄智力发达，适足助其为恶，无益也。今先言吾国女子之缺点。女子因有依赖男子之性质，不求自立，故心中思虑毫无他途，唯有衣服必求鲜艳，装饰必求美丽，何也？以其无可自恃也。而虚荣心于女子为尤甚，喜闻家中人做官，喜与有势力人往还皆是。故高尚之品行，未可求诸寻常女界中也。今欲养成女子高尚之品行，非使真除依赖性质有自立性质不可。然自立不可误解，非傲慢自负，轻视他人之谓，乃自己有一定之职业，以自谋生活之谓。夫人果自谋生活，不仰食于人，则亦无暇装饰，无取虚荣矣。尚有一端，女子之处家庭者，大凡姑媳妯娌间，总是不和，甚至诟谇，其故何在？盖旧时习惯，女子死守家庭，不出门一步，不知社会情状，更不知世界情状，所通声息者，家中姑媳妯娌间而已。耳目心思之范围，既限于极小家庭，自然只知琐细之事，而所争者，亦只此琐细之事。若是而望女子之品行日就高尚，难乎其难，盖其所处之势使然也。女子之缺点固多，而优点亦不少。今举一端，如慈善事业。恻隐之心，女子胜于男子。不过昔时专在布施，反足养成他人懒惰之习，今则推广爱人以德，与人为善之道。凡有善举，宜使爱之者亦出劳力有益于社会，则仁慈之心，尤为恳挚矣。女子讲自由，在脱除无理之束缚而已，若必侈大无忌，在为无理之自由，则为反对女学者所藉口，为父兄者必不送女子入学。盖不信女学为培养女德之所，而谓女学乃损坏女德之地，非文学之幸也。又今日女子入学读书后，对于家政，往往不能操劳，亦为所诟病。必也入学后，家庭间之旧习惯，有益于女德者，保持勿失。而益以学校中之新知识，则治理家庭各事，比较诸未受教育者，觉井井有条。譬如裁缝，旧时只知凭尺寸裁剪而已，若加以算学知识，则必益能精。如烹饪，旧时亦只知当然，若加以化学知识，则必合乎卫生。其他各事，莫皆不然。倘女学生能如此，则为父兄者，有不乐其女若妹之入学者乎！

夫女子入校求学，固非脱离家庭间固有之天职也，求其实用，固可相辅而行者也。美国有师范学校，教授各科，俱用实习，不用书籍。假如授裁缝时，为之讲解自上古至现在衣服之变更，有野蛮时代之衣服与文明时代之衣服，是即历史科也；为之讲解衣服之原料，如丝之产地、棉之产地等，则地理科也；衣服之裁剪，有算法焉，其染色之颜料，有理化之法则焉，是即数理化科也；推之烹饪等科，亦复如是。寓学问于操作中，可见女学固养成女子完全之人格，非使女子入学后，即放弃其固有之天职也。即如体操科之种种运动，近亦有人主张徒事运动而无生产，为不经济，有欲以工作代之者，庶不消耗金钱与体力，便归实用，此法以后必当盛行。益可徒知读书，放弃家事，为不合于理矣。

科学万岁 (1917年4月)

高尔基

事件背景

高尔基·马克西姆生于1868年,卒于1936年。前苏联著名作家。1892年开始文学创作,后被选为苏联作家协会主席。主要作品有《母亲》、《海燕》和《我的大学》等。

尊敬的公民们:

我认为,在使人类获得社会教养方面,没有什么东西比艺术和科学的力量更奇妙、更富有创造力;而且,我还想这样说——因为大家都知道,我总还算得上是一位艺术家,我真诚地、自觉地把科学放在教育问题的首位。

因为,艺术是感情的,它总是容易屈从于创作者思想的个性,它太依赖于人们称之为"情绪"的这一东西。正因为如此,它极少是真正自由的,它极少能超越个性、阶级、民族偏见、种族偏见的强大影响所形成的强大壁垒。

而实验科学则是在精密观察所得的知识和经验的肥土沃壤中产生和发展起来的。它们以数学的铁一般的逻辑作为先导,因而完全摆脱了艺术无法摆脱的这些影响。就其精神实质来说,实验科学是国际性的,是属于全人类的。我们可以说俄国艺术、德国艺术和意大利艺术,但世界上却只有一种四海皆同的自然科学,正是这种科学给我们的思想插上翅膀,使它在宇宙的神秘王国里到处翱翔、探隐索微、解开生活的悲剧之谜。科学为世界打开了通向团结、自由和美的道路。

俄国民主此刻正和精密科学一起走向新生,而俄国民主又需要用精密科学来加以充实,这一点无需由我向你们进行论证。克·阿·基米里亚泽夫——一位著名的科学家、极为正直的人——整个一生都坚持不懈地断言:"未来属于科学和民主。"这是一个伟大的真理。而我则深信:民主只有和科学携手并行，才会有未来。

人们必须懂得，他们生活在其中的天地正是科学为他们创造出来的；他们应该知道，在田野里采撷花朵的先生并非游手好闲，而是为村里培养农学家的人；他们也须了解，他们身穿的棉布衬衣是纺织厂生产出来的，而纺织厂没有数学知识就根本不可能建造起来；大夫开的药也是科学家含辛茹苦劳动的成果。人们要知道，世界上就是有这么一个知识阶层在为他们的生活不知疲倦地用脑操劳……

请允许我沉溺于幻想——我这样做，是因为我深信，没有什么幻想是人类的意志和才智不能改造为现实的。

我幻想着建设一座"科学城"……在这里，科学家天天用自己的睿智、无畏的眼光探索着我们星球周围的奥秘；在这里，科学家像铁匠和宝石匠一样锻炼、雕刻着世界的全部经验，并把这些经验变成行之有效的学说，变成进一步探求真理的武器。

在这座科学城里，科学家将沐浴在自由和独立的阳光之中，沐浴在激发创造力的阳光之中，而他们的工作则将在这个国家造成热爱知识的空气，将在人民中间唤起对知识的力量和美的热烈感情。

我相信，对知识分子来说，民主具有与他所从事的那门科学同样的重要性；我也知道，民主是热爱科学的。我想这样说：在你们集体的民主中孕育着俄国在精神上的新生。

我们需要学习怎样生活、怎样工作、怎样热爱我们的劳动。我们应该懂得，劳动不是强加在我们意志上的东西，劳动是生活意志的自由表现；而在自由的劳动中，正如在爱情中一样，蕴含着崇高的快乐。必须懂得这一点，而只有精密科学才能帮助我们懂得这一点，只有用科学的精神来充实我们自己，我们才能逐步治愈我们的严重创伤。

自由展翅的科学上繁荣昌盛得越高，它的视野就越宽广，科学知识应用于生活实际的可能就越充分。正如我们大家都知道的那样，在自然界，没有什么东西比人脑更奇妙，没有什么东西比思维更美好，没有什么东西比科学研究的成果更可宝贵。

科学万岁！

为和平祈祷 (1918年)

麦克唐纳

事件背景

拉姆赛·麦克唐纳生于1866年，卒于1937年。英国工党领袖，政治家，曾两度担任英国首相。

今天，当我获悉和平已经到来，当我盼望和平、为和平祈祷时，我想到遍布欧洲中心各地几乎数不清的坟墓。我们许多儿女长眠在这些坟墓之中。我们所有人都会在自己的心头许愿，要为这些再也不能含笑归来和我们重逢的人树立起一座纪念碑。难道不应该建立一座雄伟壮丽的纪念碑，使后世子孙即使忘记了他们的姓名，也能永远记住他们的牺牲吗？我认为应该这样做。我仿佛听到他们墓上的青草在簌簌生长，发出庄严而又使人安慰的和声，这种简单而使人安慰的和平之音仿佛逐渐响亮起来，更加庄严肃穆，把一切纷乱的枪炮声淹没下去。在今天这个日子，我们难道内心没有这种感情吗？我们难道能不在神游我们孩子们长眠之所在，感到和平将根植于我们心中，也将主宰欧洲？难道通过这些哀痛与牺牲，我们不会变得聪明、得到启示，使欧洲永保和平吗？

庶民的胜利 (1918年11月15日)

李大钊

事件背景

李大钊（1889－1927），我国早期的马克思主义者，中国共产党的创始人之一，1927年被军阀张作霖杀害。1918年，"五四"运动前夕，李大钊在北京天安门前发表了这篇著名演说，指出第一次世界大战的胜利是庶民的胜利，同时为中国人民的革命斗争指明了新的方向。

我们这几天庆祝战胜，实在是热闹得很。可是战胜的，究竟是那一个？我们庆祝，究竟是为那个庆祝？我老老实实讲一句话，这回战胜的，不是联合国的武力，是世界人类的新精神。不是哪一国的军阀或资本家的政府，是全世界的庶民。我们庆祝，不是为那一国或那一国的小部分人庆祝，是为全世界的庶民庆祝。不是为打败德国人庆祝，是为打败世界的军国主义庆祝。

这回大战，有两个结果，一个是政治的，一个是社会的。

政治的结果，是"大……主义"失败，民主主义战胜。我们记得这回战争的起因，全在"大……主义"的冲突。当时我们所听见的，有什么"大日耳曼主义"、"大斯拉夫主义"、"大塞尔维主义"、"大……主义"。我们东方，也有"大亚细亚主义"、"大日本主义"等等名词出现。我们中国也有"大北方主义"、"大西南主义"等等名词出现。"大北方主义"、"大西南主义"的范围以内，又都有"大……主义"等等名词出现。这样推演下去，人之欲大，谁不如我？于是两人的中间有了冲突，于是一大与众小的中间有了冲突，所以境内境外战争迭起，连年不休。

"大主义"就是专制的隐语，就是仗着自己的强力蹂躏他人欺压他人的主义。有了这种主义，人类社会就不安宁了。大家为抵抗这种强暴势力的横行，乃靠着互助的精神，提倡一种平等自由的道理。这等道理，表现在政治上，叫做民主主义，恰恰与"大……主义"相反。欧洲的战争，是"大……主义"与民主主义的战争。我们国内的战争，也是"大……主义"与民主主义的战争。结果都是民主主义战胜，"大……主义"失败。民主主义战胜，就是庶民的胜利。社会的结果，是资本主义失败，劳工主义战胜。原来这回战争的真因，乃在资本主义的发展。国家的界限以内，不能涵容他的生产力，所以资本家的政府想靠着大战，把国家界限打破，拿自己的国家做中心，建一世界的大帝国，成一个经济组织，为自己国内资本家一阶级谋利益。俄、德等国的劳工社会，首先看破他们的野心，不惜在大战的时候，起了社会革命，防遏这资本家政府的战争。联合国的劳工社会，也都要求和平，渐有和他们的异国的同胞取同一行动的趋势。这亘古未有的大战，就是这样告终。这新纪元的世界改造，就是这样开始。资本主义就是这样失败，劳工主义就是这样战胜。世间资本家占最少数，从事劳工的人占最多数。因为资本家的资产，不是靠着家族制度的继袭，就是靠着资本主义经济组织的垄断，才能据有。这劳工的能力，是人人都有的，劳工的事情，是人人都可以做的，所以劳工主义的战胜，也是庶民的胜利。

民主主义劳工主义既然占了胜利，今后世界的人人都成了庶民，也就都成了工人。我们对于这等世界的新潮流，应该有几个觉悟：

第一，须知一个新命的诞生，必经一番苦痛，必冒许多危险。有了母亲诞孕的劳苦痛楚，才能有儿子的生命。这新纪元的创造，也是一样的艰难。这等艰难，是进化途中所必须经过的，不要恐怕，不要逃避的。

第二，须知这种潮流，是只能迎，不可拒的。我们应该准备怎么能适应这个潮流，不可抵抗这个潮流。人类的历史，是共同心理表现的记录。一个人心的变动，是全世界人心变动的征兆。一个事件的发生，是世界风云发生的先兆。1789年的法国革命，是19世纪中各国革命的先声。1917年的俄国革命，是20世纪中世界革命的先声。

第三，须知此次平和会议中，断不许持"大……主义"的阴谋政治家在那里发言，断不许有带"大……主义"臭味，或伏"大……主义"根蒂的条件成立。即或有之，那种人的提议和那种条件，断归无效。这场会议，恐怕必须有主张公道破除国界的人士占列席的多数，才开得成。

第四，须知今后的世界，变成劳工的世界。我们应该用此潮流为使一切人人变成工人的机会，不该用此潮流为使一切人人变成强盗的机会。凡是不做工吃干饭的人，都是强盗。强盗和强盗夺不正的资产，也是一种强盗，没有什么差异。我们中国人贪惰性成，不是强盗，便是乞丐，总是希图自己不做工，抢人家的饭吃，讨人家的饭吃。到了世界成一大工厂，有工大家作，有饭大家吃的时候，如何能有我们这样贪惰的民族立足之地呢？照此说来，我们要想在世界上当一个庶民，应该在世界上当一个工人。诸位呀！快去工作呵！

论不合作 (1919年4月)

甘 地

事件背景

甘地生于1869年，卒于1948年。印度民族独立运动的主要领袖，世界著名演讲家。甘地将毕生精力贡献给印度的独立事业，被印度人民尊称为"圣雄"。

有关不合作这个问题，你们已经颇有所闻。那么，什么叫不合作，我们为什么要提出不合作？借此，我愿直抒己见。我们这个国家面临着两个问题：首先是基拉法问题，印度的穆斯林为此心如刀割。英国首相经过深思熟虑的、以英国名义下的诺言已陷入泥淖。由于印度穆斯林的努力，并经英国政府斟酌再三后作出的许诺，现已化为乌有，伟大的伊斯兰宗教正处于危险之中。穆斯林教徒们坚持认为——我敢相信他们是正确的——只要不列颠不履行诺言，他们对不列颠应当不可能有真心实意和忠诚。如果让一位虔诚的穆斯林在忠诚于与不列颠的关系还是忠诚于他的信仰和穆罕默德之间作出抉择，他会不假思索地作出抉择——他已经宣布了自己的抉择。穆斯林们直言不讳地、公开而又体面地向全世界声明，如果不列颠的部长们和不列颠民族违背诺言，不想尊重居住在印度、信奉伊斯兰教的7000万臣民的感情，就可能失去穆斯林对他们的忠诚，然而，这对其他印度人来说也是一个值得考虑的问题，即是否要与穆斯林同胞一起履行自己的义务。如果你们这样做，你们便抓住了向穆斯林同胞表达友好亲善和深情厚谊的一个千载难逢的机会，并证明你们多年来所说的话：穆斯林是印度教的兄弟。如果印度教徒认为，你们同穆斯林的兄弟般的血肉情谊胜于同英国人的关系，如果你们发现穆斯林的要求是公正的，是出自真挚的感情的，是伟大的宗教情感。那么我要提醒你们，只要他们的事业依然是正义的，为达到最终目标而做的一切是正义的、体面的、无损于印度的，你们就要对穆斯林帮助到底，别无选择。印度的穆斯林已经接受了这些简单的条例。这是在他们发现，他们可以接受印度教徒提供援助，可以永远在全世界面前证明他们的事业和他们所做的一切是正义的时候，才决定接受同伴伸出的援助之手的。然后，印度教和伊斯兰教将以联合阵线的面貌出现在欧洲所有基督教列强面前，并向后者表明，尽管印度还很懦弱，但她还是有能力维护自己的自尊，并知道如何为自己的信仰和自尊而献身。

基拉法问题的核心就在于此。还有一个旁遮普问题。在过去的一个世纪里，没有任何问题像旁遮普问题那样令印度人心碎。我并非没有考虑1875年暴动。印度在暴动期间曾蒙受极大的痛苦，然而，在通过《罗拉特法案》期间和此后所遭受的凌辱，在印度史上却是空前的。因为，在同旁遮普暴力事件有关的问题上，你要求从英国那里得到公正，但你不得不寻求得到这种公正的途径和方法。无论是上议院、下议院，还是印度总督的蒙塔古先生，谁不知道印度在基拉法和旁遮普问题上的感情，但在议会两院的辩论中，蒙塔

古先生的所作所为淋漓尽致地向你证实,他们谁愿意给予属于印度并为印度所急需的公正建议呢?我们的领导人必须设法摆脱这一困境。除非我们使自己同印度的英国统治者平起平坐,除非我们从他们手中获得自尊,否则我们同他们之间就根本不可能有互相联系和友好交往。因而,我敢于提出这个绝妙的而又无可辩驳的不合作办法。

有人告诉我,不合作违反宪法。我否认这是违反宪法的。相反,我确信,不合作是正义的,是一条宗教原则,是每一个人的天赋权利,它完全符合宪法。一位不列颠帝国的狂热推崇者曾说过的,在不列颠的宪法里,甚至连一场成功的叛乱也是全然合法的。他还列举了一些令我无法否认的历史事件以证明自己的观点。只要叛乱就其通常的含意是指用暴力手段夺取公正,我认为无论成败都是不合法的。相反,我反复向我的同胞言明,暴力行为不管能给欧洲带来什么,绝不适合印度。

我的兄弟和朋友肖卡特·阿里相信暴力方法。如果他要行使自己的权利,抽出利剑去反击不列颠帝国,我知道他有男子汉的勇气,他能够看清应该向不列颠帝国宣战;然而,作为一个名副其实的勇士,他认识到暴力手段不适合于印度,于是他站到我一边,接受了我的微薄援助并保证:只要与我在一起,只要相信这个道理,他就永远不会有对任何一个英国人,甚至对地球上任何人施行暴力的念头。此时此刻我要告诉你们,他言必信,行必果,始终虔诚地信守诺言。在此我能作证,他不折不扣地执行了这个非暴力的不合作计划,同时,我要求印度接受这一计划。我告诉你们,在我们这个英属印度的战士行列中,没有哪个人胜过肖卡特·阿里。当剑出鞘的一刻来临,如果确实来临的话,你们会发现他将抽出利剑,而我就会隐退到印度斯坦的丛林深处。一旦印度利剑的信条得以推广,我将结束作为印度人的生命。因为我相信印度肩负着独特的使命,因为我相信几百年的历史教训已经告诉印度先辈们,人类的公正不是建立在暴力的基础上,真正的公正是建立在自我牺牲、道义和无私奉献的基础上。我对此忠贞不渝,我将一如既往地坚持这一信念。为此,我告诉你们,我的朋友在相信暴力的同时,也相信非暴力是弱者的一种武器,而我却相信非暴力这种武器属于最强者。我相信,一个最坚强的战士才敢于手无寸铁,赤裸着胸膛面对敌人而死。这就是不合作的非暴力的关键所在。因而,我敢向睿智的同胞们说,只要坚持非暴力的不合作主义,这种不合作主义就没有什么违反宪法之处。

关于国际联盟（1919年1月25日）

伍德罗·威尔逊

事件背景

威尔逊（1856-1924）美国第28和29任总统，美国进步改革运动最重要的领导人之一。

这篇演讲是威尔逊在巴黎和会上的发言。

主席先生：

我认为让我在这次会议上就国际联盟问题首先发言是一种特殊的荣幸。我们在此集会是为了两个目的：一是针对这次战争产生的亟待解决的问题提出若干措施；二是不仅通过当前的解决措施，而且通过本次会议将要作出的支持上述措施的各种安排，来保障世界和平。我认为，国际联盟，对于实现上述两个目的是必不可少的。当前的解决措施涉及许多复杂问题，因此这些措施也许不能按照我们在此达成的协议顺利制订，并得到最终的结果。不难想象，许多解决措施需要今后继续考虑，我们作出的许多决议也需要在某种程序上继续进行修改，这是因为，如果根据我个人对某些问题的研究来作出判断，这些问题目前还缺乏可靠的判断根据。

因此，我们的当务之急是应该建立某些机构，来完善本次会议的工作。我们在此集会的目的决不仅仅是目前需要制订若干解决措施，而是要做许多工作。我们是在国际舆论的非常特殊的情况下在此集会的。我可以毫不夸张地说，我们不是各国政府的代表，而是各国人民的代表。仅仅使世界各国政府满意是不够的，我们还必须使全人类的舆论满意。这次战争的负担已经极大地落到有关各国的全体民众身上。我用不着向你们描绘这种负担从前线转移到后方的老幼妇孺身上，转移到文明世界的千家万户头上的悲惨景象；我用不着向你们描绘战争的真正的深重压力已经深入到各国政府看不到的地方，但只要有人类的良心在跳动，就会觉察到这种迹象。我们正是受这些人民的嘱咐，来争取能够保障他们安定的和平。我们正是受这些人民的嘱咐，来保证这种深重的压力不再落在他们头上。我可以这样说,当时他们所以能够忍受这种压力,正是因为他们希望代表他们的人会在这次战争以后集合起来,一致使他们今后不再遭到这种牺牲。

由此可见,我们的神圣职责就是要作出永久的安排,来反映正义和维护和平。这就是我们这次开会的中心议题。解决问题的措施可能是暂时的,但各国为了和平和正义而实行的行动却必须是永久的。我们可以规定一些常规性步骤。我们不可能作出永久性的决议。因此,我认为我们必须尽可能考虑到全世界的情况。

举例来说,科学的许多伟大发展,学者们在实验室里的潜心研究,在课堂上的富有创造性的发展,现在却都变成了毁灭文明的事物。这不是令人震惊的状况吗?毁灭力不仅得到了成倍的增长,更主要的是获得了各种便利。刚被我们打败的敌人就曾在几所大学拥有某些重要的科学研究所发明中心,并利用它们来进行突击性的、彻底的毁灭性研究。人们只有提高警惕、坚持合作,才能使科学和军人同样处于文明的控制之下。

在某种意义上,美国对这一问题的关注比不上在此开会的其他国家。这是因为美国幅员辽阔、海疆漫长,与在此开会的其他各国相比,不大可能遭到敌人的攻击。因此美国对于国际社会的热情(这是一种非常深厚、真挚的热情)并不是一种出于担心或恐惧才产生的热情,而是一种出于对这次战争的认识而产生的理想的热情。在参加这次战争时,美国丝毫没有考虑过它是在干涉欧洲的政治、亚洲的政治或世界任何地方的政治。它当时所考虑的是,全世界现在已开始认识到,只有一种事业才能决定这次战争的结局,这就是为一切种族和一切地方的人民争取正义和自由的事业。因此,美国感到,如果由此产生的只是一个解决欧洲问题的机构。那么它在这次战争中的作用就徒劳无益,它将感到它不可能参加保证欧洲的解决方案,除非这种保证包括世界有关各国经常性监督世界和平的工作在内。

因此,我认为我们必须同心协力,共同作出最佳判断,使国际联盟成为充满活力的事物。它不是徒具形式,不是临时性的,不是为了适应紧急情况的需要而产生的,而是一个为了各国的利益,时刻保持警惕、永远发挥作用的机构,而且,它的持续不断的活动应该充满活力;它应该发挥持久的作用,而不能让它的戒备性和它的工作遭到中断。它应该成为密切关注各国人民共同利益的耳目,成为毫不松懈的耳目,成为随时随地保持戒备和警觉的耳目。

要是我们不能使它成为充满活力的机构，那我们将会造成什么结果呢？我们将会使各国人民伤心失望，因为他们关注的中心就在这里。自从我来到大洋这一边，在访问好几个国家时，我有过非常愉快的经历。每一次我都听到了从代表那里传来的人民群众的呼声。他们最突出的要求是希望成立国际联盟。先生们，人类的优秀阶级已不再是人类的统治者。现在人类的命运已掌握在全世界的普通人手中。为了使他们满意，你们不仅要取得他们的信任，更要建立和平。要是不能使他们满意，你们所能作出的任何安排不仅不可能建立，世界和平也不可能巩固。

先生们，我敢说你们可以想象到美国的代表们在支持成立国际联盟的伟大计划时的感情和目的。我们认为国际联盟是整个计划的基石，它表达了我们在这次战争中的目的和理想，而且，有关各国也承认这一计划是解决问题的基础。如果我们不尽最大努力来实现这一计划就回到美国，我们将遭到我国公民同胞的理所当然的蔑视。因为他们是组成一个伟大民主国家的主体。他们期待着他们的领袖说出他们的想法，而不是为了个人的私利。他们希望人们的代表成为他们的公仆。我们别无选择，只能服从他们的命令。但是我们是怀着最大的热忱和愉快心情来接受这种命令的，同时，由于这项计划是整个结构的基石，我们已经保证用一切行动来实现它，同时也保证用一切行动来实现这个结构的一切计划。我们决不能取消计划中规定我们必须完成的任何项目。我们作为这件事情——世界和平和对正义的态度和倡议者，决不能在这件事的任何问题上妥协。这是一个原则问题。这个原则是，我们不是各国人民的主人，而是到这里来努力使世界各国人民按照自己的意愿而不是我们的意愿选择主人并掌握自己的命运。总之，我们到这儿来的目的是努力肃清造成这次战争的根源。

这些根源就是，一小批文官武将的个人兴趣；这些根源就是，大国对小国的侵略；这些根源就是，一小撮有权者把自己的意志强加在人类头上，并利用人类作为自己的赌注。让世界从上述根源中解放出来就会实现和平。因此，你们可以明白，美国代表是决不会陷入选择一条出于私利的道路的死胡同的，因为他们已经为自己规定了坚定不移的原则路线。感谢上帝，这些路线已经被共同发起这一伟大事业有关的一切品格高尚的人公认为解决问题的路线。

主席先生，我希望，当人们知道（正如我深信人们是会知道的那样）我

们正式通过了国际联盟的原则,亦即要使这一原则付诸实施时,我们将通过这一事情使世界各地的人民解除忧虑不安的负担。我们处于一种独特的情况。当我信步走在这里的街上时,我看见到处都有穿着美国军服的人。他们是在表达了我国的决心后才参加战争的。他们是作为圣战者前来的,不仅是为了打胜一场战争,而且是为了争取一项事业的胜利。因此我要对他们负责。我曾要求他们为了这些目的而打仗,现在该轮到我来详细阐述这些目的了。而且,我也同他们一样,必须是一个为这些事情而战斗的圣战者,为了实现他们为之战斗的目标,不管要付出多少代价,不管可能需要做什么。

我很高兴,我越来越发现,我们在这一问题上的地位毫无疑问是独一无二的,因为这一事业拥有各方面的拥护者。我之所以坦率承认这一点,目的是让你们理解,为什么由我们来提出它是拱门的基石,为什么我们慷慨的法国总统彭加勒会想到请我首先发言,因为我们对欧洲大陆和东方的政治没有牵涉。这不是由于我们是唯一能够阐述这种思想的人,而是因为能与你们联合起来共同阐述这种思想乃是我们的荣幸。我不过是试图通过刚才的发言把我们对这件事情的热情的源泉传给你们,因为我觉得,这些源泉产生于古往今来人类的一切错误和同情,而且,在这项事业上似乎已经清楚地显示了世界的脉搏。

向生命中一切的青春举杯(1920年12月)

汉姆生

事件背景

肯努特·汉姆生生于1859年,卒于1952年。挪威著名作家。1890年汉姆生以小说《饥饿》一举成名,出版于1917年的《大地的成长》三部曲是汉姆生创作的高峰,他因此获得了诺贝尔文学奖。

本文是汉姆生在诺贝尔文学奖授奖式上所作的演说。

在这样隆重的、这样叫人不知所措的盛大场合,我该怎么办才好呢?我觉得我已经飘飘然起来了,走在空中,我的头在旋转。这个时候叫我从容自处，真是不易。今天，荣誉与财富都堆积在我身上，虽然我自己还是我自己，但是，就在一分钟以前听到我的祖国的国歌在大厅里回绕，我真的被这对我国家的致敬卷得脚不着地了。

说起来可能是好的，这不是我第一次卷得脚不着地。在我那被祝福的年轻时代，也有过这样的机会。哪个年轻人的生命中没有过这样的机会呢？每个人都有过的，那唯一觉得这种感觉陌生的，是那些年纪轻轻却已变成了保守派的人，他们生下来就老了，他们不懂得什么叫两脚离地。对年轻人来说，没有比这种过于早熟的精明与冷漠更坏的命运了。天知道，在成年以后，仍旧会有许多被卷得两脚离地的机会。这又怎么样呢？我们还是我们，而这一切对我们都是好的！

不过，在这种群英荟萃的集会上，我可不能再沉醉在自己这闭门造车的智慧中了，尤其是下一位接受颁奖的人是科学界的代表。我会马上坐下，但今天是我的大喜日子。我被你们仁慈地拣选出来，从上千的人中拣选出来，用桂冠加冕！我代表我的国家，感谢瑞典文学院和所有的瑞典人，感谢你们颁布给我这份荣誉。就我个人来说，我在这样沉重的荣誉下俯首，但我同样为你们的学院认为我的肩膀足以承担这重担而感到骄傲。

刚才一位杰出的演说家说我有自己的写作方式，这或许是我唯一能够自诩的了，此外再没有别的。不过，每个人都会对我有所教益，而又有谁不会从他人那里或多或少学到一点什么呢？而使我受益最深的，是瑞典的诗，尤其是上一代的抒情诗。如果我对文学名著能更熟稔一些的话，那我就可以无止境地引用和借鉴。我承认我作品中的那些经你们慷慨发现的长处就是从那里受益而来的。然而，这些如果出自像我这样的人，会变成只是空洞的名词，浅薄的声音，而没有沉厚的低音能支持。我已经不再年轻，已经没有那个力量这样做了。

不，现在，在这灯火辉煌中，在这杰出的与会人士面前，我真愿意做的是向各位抛撒礼物，抛撒花朵与诗歌——再度年轻，再度乘风破浪。在这杰出的场合，这个我最后的一次机会上，这是我希望做的。我不敢做，因为我逃不了被嘲笑。今天，财富与荣誉都挥洒在我身上，但有一项礼物却是缺少的，那却是最重要的一项，最攸关的一项——那就是青春。我们之中没有一个人老得记不起它来的。我们这些已经老了的人向后退回一步，并用尊严与优美退这一步。我认为这是适当的。

我不知道我该怎么办才好,我不知道什么是我应该做的,但是,我向瑞典的年轻人举杯,向全世界的年轻人举杯,向世界中一切的青春举杯。

在黄埔军校开学典礼上的讲话(1924年6月16日)

孙中山

事件背景

孙中山(1866—1925),中国近代伟大的革命先行者。原名文,字逸仙。1894年在檀香山创立兴中会,从事武装反清活动。1905年在日本组建中国同盟会,当选总理,提出"驱除鞑虏,恢复中华,建立民国,平均地权"的政治纲领。1911年发动武昌起义推翻清王朝,翌年就任中华民国临时大总统,不久被迫辞职。1924年改组国民党,提出新三民主义,推行"联俄、联共、扶助农工"三大政策,实现了第一次国共合作。1925年在北京病逝。

辛亥革命以后,中国虽推翻帝制,建立了民国,但实际情形并没有多大改变,广大中下层人民,仍处于饥寒交迫、水深火热之中,而那些军阀官僚却在帝制崩溃过程中,大权在握,割据一方,中国依旧四分五裂,民不聊生。因而革命党决心继续革命,为了培养军事政治人才,而创立了黄埔陆军军官学校,孙中山在开学典礼上发表了这篇演说。

来宾、教员、学生诸君:

今天是本学校开学的日期。我们为什么有了这个学校呢?为什么一定要开这个学校呢?诸君要知道,中国的革命有了13年,现在得到的结果,只有民国之年号,没有民国之事实。像这样看来,中国革命13年,一直到今天,只得到一个空名,所以中国13年的革命完全是失败,就是到今天也还是失败。至于世界上的革命,在我们以后发生的情形是怎么样呢?六年之前,有一个邻国,和中国毗连有一万多里,跨欧亚两洲来立国,比中国还要大,在欧战之前是世界上头一个强国,当欧战期内便发生革命,他们的革命后过我们六年。这个邻国是谁呢?就是俄国。俄国革命虽然是在中国革命六年之后,但是说到结果,他们的是彻底成功。我们拿两国的历史来比较:就对内一方面说,中国从前革命,是对外来的满洲人。满清皇帝的威权,到我们革命的时候已经是很薄弱，政治也是很腐败，当那个时候，满清的国势是世界上最衰微的国家。比较俄国对他们皇帝革命时候的情形是怎么样呢？俄皇是本国人，又是俄国的教主，在国内的威权是第一，当没有革命的时候，俄罗斯的国势是世界上最强盛的国家。像这样比较，可以说，中国是对权势很薄弱的皇帝来革命，俄国是对权势很强盛的皇帝来革命。所以就对内这一方面讲，中国革命是很容易的，俄国革命是很艰难的。就对外一方面说，俄国革命之后，所遇到的障碍是很大的；中国革命之后，毫无人干涉。在革命之前，外国人虽然有瓜分中国的言论，我们也怕到革命的时候受列强的干涉；但是发生了革命之后，列强毫没有理会。俄国发生了革命之后，遇到外国人的障碍，不只是言论，并且实受兵力的干涉。各国军队侵进俄国境内的，有英国、法国、美国、日本和意大利以及其他各小国的军队，外国人集合全世界的力量来干涉俄国。像这样看来，我们革命，只在内对付一个很衰弱的政府；俄国革命，在内要对付一个威权很大的政府，对外还要对付全世界的列强。所以就对外那一方面讲，中国革命也是很容易的，俄国革命也是很艰难的。为什么俄国遭了那样大的艰难，遇了那样多的敌人，还能够在六年之内，把所有的障碍都一概打消，革命是彻底的成功；我们革命的时期比较俄国要长一半，所遇的障碍又不及俄国的大，弄到至今革命还是不能成功呢？由中国和俄国革命的结果不同，推求当中原因，便是我们的一个大教训。因为知道了这个教训，所以有今天这个开学的日期。这个教训是什么呢？就是俄国发生革命的时候，虽然是一般革命党员做先锋，去同俄皇奋斗，但是革命一经成功，便马上组织革命军；后来因为有了革命军做革命党的后援，继续去奋斗。所以就是遇到了许多大障碍，还是能够在短时间之内大告成功。中国当革命之时，在广东奋斗的党员最著名的有七十二烈士，在各省舍身奋斗的党员也是不少。因为有了那些先烈的奋斗，所以武昌一经起义，便有各省响应，推倒满清，成立民国，我们的革命便有一部分的成功。但是后来没有革命军继续革命党的志愿，所以虽然有一部分的成功，到了今天，一般官僚军阀不敢明目张胆更改中华民国的正朔。至于说到民国的基础，一点都没有。这个原因，简单地说，就是由于我们革命，只有革命党的奋斗，没有革命军的奋斗；因为没有革命军的奋斗，所以一般官僚军阀便把持民国，我们的革命便不能完全成功。我们今天要开这个学校，是有什么希望呢？就是要从今天起，把革命的事业重新来创造，要用这个学校内的学生做根本，成立革命军。诸位学生就是将来革命军的骨干。有了这种好骨干,成了革命军,我们的革命事业便可以成功。如果没有好革命军,中国的革命永远还是要失败。所以,今天在这儿开这个军官学校,独一无二的希望,就是创造革命军,来挽救中国的危亡。……

英国人和美国人(1925年1月2日)

罗伯特·塞西尔

事件背景

罗伯特·塞西尔生于1864年,卒于1958年。英国政治家。1906年当选议会保守党议员,开始政治生涯。从1920年起多次出席国联大会,主管英国在国联的事务。后参加创建国际和平运动委员,并任主席。因对和平事业的贡献,获1937年诺贝尔和平奖。在1925年1月25日,当他结束在美国的周游讲学后,作为嘉宾出席了纽约市英国清教徒举办的宴会,并作了本篇歌颂两国关系的演说,这里是演讲的开头部分。

迪皮尤先生,女士们、先生们:

很显然,首先我得感谢贵主席的好意和对我的赞美。对他所说的一切,我都表示感谢。当然我得承认,当他从大洋彼岸的角度谈论我的讲学时,我有那么一丝不安的紧张和尴尬。我一点也不知道那个话题该怎么结束。所幸的是,在他诚心诚意的时候,礼节还是占了上风。

我从内心深处感谢你们,感谢你们盛情邀请我参加今天的宴会。这次盛会太令我兴奋了,但也给我带来了一丝伤感,因为它提醒我,这是我在美国的最后一晚了。我深感遗憾,遗憾在美国的时间太短暂了。我深感遗憾的事太多太多了,其中最遗憾的是我无法接受从你们伟大国家的其他地方发出的邀请,尤其遗憾不能访问加拿大。如果有可能的话,我是很想去那儿的。我至今仍能感受到我上次去那里访问时,加拿大同行对我的友好和真诚。

当然我那么说是不太确切的,因为我从内心深处感谢贵国人民的殷勤和周到，凡是来访的客人都能体会到这种殷勤和周到。

美国人的好客是举世皆知的。我在想，如果根据一些国家的传统习俗来加以评论，比如你们所说的"美丽的法国"，"高贵的英国"，那么，我想你们一定会说"好客的美国"，我不用"王侯般慷慨的"这个词来描绘，唯一原因是怕有奉承王子之嫌。

请容许我不客套地说，那不仅仅是好客。我冒昧地说，它是从你们心底涌出的真诚，我很想看到这种高尚的品质更能体现在英国人身上而非其他人。我记得去年到这里时，荣幸地受到前总统哈定的热情接待。他以他在职期间众所周知的真诚和热情款待我，还问我旅途情况，招待得如何。我毫不夸大地告诉他，我得到了友好的帮助。他解释了许多原因，但最后他说："总之，最重要的原因是，您是英国人。"我必须承认，即使他追寻语言中所有恭维或取悦我的词儿，也找不到比这更好的词儿。

今晨，我很荣幸地受到贵国现任总统柯立芝先生的接待。谈话期间，他也充分表示对两国间的友好关系很满意。也许这对一些人会认为是陈词滥调。但请容许我说，就是现在，英国和美国之间存在一个额外的约定。就我们的首相和你们的总统而言，我们都拥有一个杰出的坦率的领袖，而他们的每句话都使我们信服。

当今早柯立芝先生对我说了那些如此友好的话语时，我已体会到，那是发自他的心底，两国之间的友谊也是真诚的。

我非常非常高兴各位刚听过一篇精彩演讲（指迪皮尤先生的那篇），它追溯了自根特条约后的我们的友谊。我总是独自想，这是我们的大臣卡斯尔雷侯爵的成名作，因为他签署了根特条约。那篇东西写得非常棒，它证明了制定和平协约是很必要的，它将保证协约国间友好和平相处。

但我认为还有其他原因。你们的社会制度是原因之一，英美两国人民间日益相互了解对方的民族性则是另一原因。

我记得曾经有一段时期，相比较而言，典型的英国人是骄傲自大，目空一切，除了自己别人都不行；而典型的美国人，则具有好奇心，性情粗犷，冒失且狂妄不羁。我真不明白怎么会有这样的人存在。我感到迷茫，但可以肯定，现在这样的人已像渡渡鸟一样绝种了。当然，比这更重要的是民族纽带的因素。事实上，我们绝大多数人源自同一祖先。如果确实如此，我们会深感自豪和高兴。此外，两国的理想和抱负，文化和历史，都是如此地相似。

莎翁的戏剧和《圣经》是英国和美国间存在着友好关系的重要原因。当然，尽管语言相通是另一个联结两国的纽带，但比这更重要的是观点上的一致，这种一致确实是以上我所列举的诸多事实的源头。在过去几年里，我有幸或者说不幸参加了多次国际会议。所到之处，无论何时，我总能发现一些美国同行。无论我们讨论什么问题，无论最初我们的观点多么不一致，但稍后我们总能达成共识，这并不是因为一方说服了另一方，而仅仅因为我们殊途同归，想到了一起。我深信，基本的共同点和思维的一致性与我们两国间的友好往来的关系太大了，它的重要性远远甚于其他。

我还深信，我敢肯定对于所有这些有幸提到的原因中，还有一种应被提到而却被忽略的原因，那就是法律。最令人注目的是去年夏天，休斯先生作为美国律师协会的一名主要成员，和我一起访问了苏格兰。我想这与长期以来两国间的友好访问是一样的。我们常常发觉两国的立法原则是相同的；大洋两岸众多的法律名称也有着惊人的相似之处；贵国的首席法官马歇尔和斯托里，也和我国的首席法官曼斯菲尔德和布莱克本一样执法公正，为人称道；我们诉诸同样的权威，我们的原则也回归于同样的事由；我们两国是由人类智慧建立的。分别在两国通行的最高法律结构方面，也有着共同的起源和同样的权威性。我深信，以上提到的相似点，对促进两国人民之间的亲密关系，具有长期的推动作用。

无声的中国（1927年2月16日）

鲁 迅

事件背景

鲁迅（1881-1936），原名周树人，字豫才，浙江绍兴人，出生于破落的封建士大夫家庭。伟大的文学家、思想家和革命家，他的名言"横眉冷对千夫指，俯首甘为孺子牛"是其一生的写照。

这篇演讲是鲁迅先生在推行白话文的集会上的演说。

以我这样没有什么可听的无聊的讲演，又在这样大雨的时候，竟还有这许多来听的诸君，我首先应当声明我的郑重的感谢。

我现在所讲的题目是：《无声的中国》。

现在，浙江、陕西，都在打仗，那里的人民哭着呢还是笑着呢，我们不知道。香港似乎很太平，住在这里的中国人，舒服呢还是不很舒服呢，别人也不知道。

发表自己的思想给大家知道要用文章，然而拿文章来达意，现在一般的中国人还做不到。这也怪不得我们，因为那文字，先就是我们的祖先留传给我们的可怕的遗产。人们费了多年的工夫，还是难于运用。因为难，许多人便不理它了，甚至于连自己的姓也写不清是张还是章，或者简直不会写，或者说道：Zhang。虽然能说话，而只有几个人听到，远处的人们便不知道，结果也等于无声。又因为难，有些人便当作宝贝，像玩把戏似的，之乎者也，只有几个人懂，——其实是不知道可真懂，而大多数的人们却不懂得，结果也等于无声。

文明人和野蛮人的分别，其一，是文明人有文字，能够把他们的思想、感情，藉此传给大众，传给将来。中国虽然有文字，现在却已经和大家不相干，用的是难懂的古文，讲的是陈旧的古意思，所有的声音，都是过去的，都就是只等于零的。所以，大家不能互相了解，正像一大盘散沙。

将文章当作古董，以不能使人认识、使人懂得为好，也许是有趣的事罢。但是，结果怎样呢？是我们已经不能将我们想说的话说出来。我们受了损害、受了侮辱，总是不能说出些应说的话。拿最近的事情来说，如中日战争、拳匪事件、民元革命这些大事件，一直到现在，我们可有一部像样的著作？民国以来，也还是谁也不作声。反而在外国，倒常有说起中国的，但那都不是中国人自己的声音，是别人的声音。

这不能说话的毛病，在明朝时还没有这样厉害的，他们还比较地能够说些要说的话。待到满州人以异族侵入中国，讲历史的，尤其是讲明末的事情的人被杀害了，讲时事的自然也被杀害了。所以，到乾隆年间，人民大家便更不敢用文章来说话了。所谓读书人，便只好躲起来读经，校刊古书，做些古时的文章，和当时毫无关系的文章。有些新意，也还是不行；不是学韩，便是学苏。韩愈、苏轼他们，用他们自己的文章来说当时要说的话，那当然可以。我们却并非唐宋时人，怎么做和我们毫无关系的时候的文章呢。即使

做得像,也是唐宋时代的声音,韩愈、苏轼的声音,而不是我们现代的声音。然而直到现在,中国人却还耍着这样的旧戏法。人是有的,没有声音,寂寞得很。——人会没有声音的么?没有,可以说:是死了。倘要说得客气一点,那就是:已经哑了。

要恢复这么多年无声的中国,是不容易的,正如命令一个死掉的人道:"你活过来!"我虽然并不懂得宗教,但我以为正如出现一个宗教上之所谓"奇迹"一样。

首先来尝试这工作的是"五四运动"前一年,胡适先生所提倡的"文学革命"。"革命"这两个字,在这里不知道可害怕,有些地方是一听到就害怕的。不过是革新,改换一个字,就很平和了,我就称为"文学革新"罢,中国文字上,这样的花样是很多的。那大概也并不可怕,不过说:我们不必再去费尽心机,学说古代的死人的话,要说现代的活人的话;不要将文章看作古董,要写容易懂得的白话文章。然而,单是文学革新是不够的,因为腐败思想,能用古文做,也能用白话做。所以后来就有人提倡思想革新。思想革新的结果,是发生社会革新运动。这运动一发生,自然一面就发生反动,于是便酿成战斗……

但是,在中国,刚刚提起文学革新,就有反动了。不过白话文却渐渐风行起来,不大受阻碍。这是怎么一回事呢?就因为当时又有钱玄同先生提倡废止汉字,用罗马字母来替代。这本也不过是一种文字革新,很平常的,但被不喜欢改革的中国人听见,就大不得了了!于是便放过了比较的平和的文学革命,而竭力来骂钱玄同。白话乘了这一个机会,居然减去了许多敌人,反而没有阻碍,能够流行了。

中国人的性情是总喜欢调和,折中的。譬如你说,这屋子太暗,须在这里开一个窗,大家一定不允许的。但如果你主张拆掉屋顶,他们就会来调和,愿意开窗了。没有更激烈的主张、他们总连平和的改革也不肯行。那对白话文之得以通行,就因为有废掉中国字而用罗马字母的议论的缘故。

其实,文言和白话的优劣的讨论,本该早已过去了,但是中国是总不肯早早解决的,到现在还有许多无谓的议论。例如,有的说:古文各省人都能懂,白话就各处不同,反而不能互相了解了。殊不知这只要教育普及和交通发达就好,那时就人人都能懂较为易解的白话文;至于古文,何尝各省的人都能懂,便是一省里,也没有许多人懂得的。有的说:如果都用白话文,人们便不能看古书，即使古书里真有好东西，也可以用白话来译出的，用不着那么心惊胆战。他们又有人说，外国尚且译中国书，足见其好，我们自己倒不看么？殊不知埃及的古书，外国人也译，非洲黑人的神话，外国人也译，他们别有用意，即使译出，也算不了怎样光荣的事的。

近来还有一种说法，是思想革新紧要，文字改革倒在其次，所以不如用浅显的文言来做新思想的文章，可以少招一重反对。这话似乎也有理。然而我们知道，连他长指甲都不肯剪去的人，是决不肯剪去他的辫子的。

因为我们说着古代的话，说着大家不明白，不听见的话，已经弄得像一盘散沙，痛痒不相关了。我们要活过来，首先就须由青年们不再说孔子、孟子和韩愈、柳宗元们的话。时代不同，情形也两样，孔子时代的香港不这样，孔子口调的"香港论"是无从做起的，"吁嗟阔哉香港也"，不过是笑话。

我们要说现代的，自己的话；用活着的白话，将自己的思想，感情直白地说出来。但是，这也要受前辈先生非笑的。他们说白话文卑鄙，没有价值；他们说年轻人作品幼稚，贻笑大方。我们中国能做文言的有多少呢，其余的都只能说白话，难道这许多中国人，就都是卑鄙，没有价值的么？至于幼稚，尤其没有什么可关怀，正如孩子对于老人，毫没有什么可羞一样。幼稚是会生长，会成熟的，只不要衰老、腐败，就好。倘说待到纯熟了才可以动手，那是虽是村妇也不至于这样蠢。她的孩子学走路，即使跌倒了，她决不至于叫孩子从此躺在床上，待到学会了走法再下地面来的。

青年们先可以将中国变成一个有声的中国。大胆地说话，勇敢地进行，忘掉了一切利害，推开了古人，将自己的真心的话发表出来。——真，自然是不容易的。譬如态度，就不容易真，讲演时候就不是我的真态度，因为我对朋友，孩子说话时候的态度是不这样的。——但总可以说些较真的话，发些较真的声音。只有真的声音，才能感动中国的人和世界的人；必须有了真的声音，才能和世界的人同在世界上生活。

我们试想现在没有声音的民族是哪几种民族。我们可听到埃及人的声音？可听到安南、朝鲜的声音？印度除了泰戈尔，别的声音可还有？

我们此后实在只有两条路：一是抱着古文而死掉，一是舍掉古文而生存。

文艺与政治的歧途（1927年12月21日）

鲁　迅

事件背景

这篇演讲是鲁迅1927年12月21日就《文艺与政治的歧途》在上海暨南大学所讲，其题旨是强调文艺为人生的进步文艺观，不赞成脱离人生的吟风弄月之作和离开现实专谈"梦"，专谈未来的文学创作倾向。

鲁迅面对大学生们，没有故作高深的玩弄玄而又玄的新名词，也没有陷入纯理论、纯学术性研讨的怪圈，使听众茫茫然不知所云，难以达到演讲者本来的目的。而鲁迅以一个与听众相平等的亲切身份，以通俗易懂的语言和许多人所熟知的事例，向学生宣传其一贯坚持的文艺主张。

在鲁迅十六卷著作中，这篇讲演稿是非常著名的，是研究他的思想和文艺的重要资料。

我是不大出来讲演的；今天到此地来，不过因为说过了好几次，来讲一回也算了却一件事。我所以不出来讲演，一则没有什么意见可讲，二则刚才这位先生说过，在座的很多读过我的书，我更不能讲什么。书上的人大概比实物好一点，《红楼梦》里面的人物，像贾宝玉林黛玉这些人物，都使我有异样的同情；后来，考究一些当时的事实，到北京后，看看梅兰芳姜妙香扮的贾宝玉林黛玉，觉得并不怎样高明。

我没有整篇的宏论，也没有高明的见解，只能讲讲我近来所想到的。我每每觉到文艺和政治时时在冲突之中；文艺和革命原不是相反的，两者之间，倒有不安于现状的同一。唯政治是要维持现状，自然和不安于现状的文艺处在不同的方向。不过不满足现状的文艺，直到19世纪以后才兴起来，只有一段短短的历史。政治家最不喜欢人家反抗他的意见，最不喜欢人家要想，要开口。而从前的社会也的确没有人想过什么，又没有人开过口。且看动物中的猴子，它们自有它们的首领；首领要它们怎样，它们就怎样。在部落里，他们有一个酋长，他们跟着酋长走，酋长的吩咐，就是他们的标准。酋长要他们死，也只好去死。那时没有什么文艺，即使有，也不过赞美上帝（还没有后人所谓 God 那么玄妙）罢了！哪里会有自由思想？后来，一个部落一个部落你吃我吞，渐渐扩大起来。所谓大国，就是吞吃那多多少少的小部落，一到了大国，内部情形就复杂得多，夹着许多不同的思想，许多不同的问题。这时，文艺也起来了，和政治不断地冲突；政治想维系现状使它统一，文艺催促社会进化使它渐渐分离；文艺虽使社会分裂，但是社会这样才进步起来。文艺既然是政治家的眼中钉，那就不免被挤出去。外国许多文学家，在本国站不住脚，相率亡命到别个国度去，这个方法，就是"逃"。要是逃不掉，那就被杀掉，割掉他的头；割掉头那是最好的方法，既不会开口，又不会想了。俄国许多文学家，受到这个结果，还有许多充军到冰雪的西伯利亚去。

　　有一派讲文艺的，主张离开人生，讲些月呀花呀鸟呀的话（在中国又不同，有国粹的道德，连花呀月呀都不许讲，当作别论），或者专讲"梦"，专讲些将来的社会，不要讲得太近。这种文学家，他们都躲在象牙之塔里面；但是"象牙之塔"毕竟不能住得很长久的呀：象牙之塔总是要安放在人间，就免不掉还要受政治的压迫。打起仗来，就不能不逃开去。北京有一班文人，顶看不起描写社会的文学家，他们想，小说里面连车夫的生活都可以写进去，岂不把小说应该写才子佳人一首诗生爱情的定律都打破了吗？现在呢，他们也不能做高尚的文学家了，还是要逃到南边来；"象牙之塔"的窗子里，到底没有一块一块面包递进来的呀！

　　等到这些文学家也逃出来了，其他文学家早已死的死，逃的逃了。别的文学家，对于现状早感到不满意，又不能不反对，不能不开口，"反对开口"就是有他们的下场。我以为文艺大概由于现在生活的感受，亲身所感到的，便影印到文艺中去。挪威有一文学家，他描写肚子饿，写了一本书，这是依他的经验写的。对于人生的经验，别的且不说，"肚子饿"这件事，要是欢喜，便可以试试看，只要两天不吃饭，饭的香味便会是一个特别的诱惑；要是走过街上饭铺子门口，更会觉得这个香味一阵阵冲到鼻子来。我们有钱的时候，用几个钱不算什么；直到没有钱时，一个钱都有它的意味。那本描写肚子饿的书，它说起那人饿得久了，看见路人个个是仇人，即是穿一件单裤子的，在他眼里也见得那是骄傲。我记起我自己曾经写过这样一个人，他身边什么都光了，时常抽开抽屉看看，看角上边可以找到什么；路上一处一处去找，看有什么可以找得到；这个情形，我自己是体验过来的。

　　从生活窘迫过来的人，一到了有钱，容易变成两种情形：一种是理想世

界,替处同一境遇的人着想,便成为人道主义;一种是什么都是自己挣来的,从前的遭遇,使他觉得什么都是冷酷,便流为个人主义。我们中国大概是变成个人主义者多。主张人道主义的,要想替穷人想想法子,改变改变现状,在政治家眼里,倒还不如个人主义的好;所以人道主义者和政治家就有冲突。俄国文学家托尔斯泰讲人道主义,反对战争,写过三册很厚的小说。那部《战争与和平》,他自己是个贵族,却是经过战场的生活,他感到战争是怎么一个惨痛。尤其是他面临到长官的铁板前(战场上重要军官都有铁板挡住枪弹),更有刺心的痛楚。而他又眼见他的朋友们,很多在战场上牺牲掉。战争的结果,也可以变成两种态度:一种是英雄,他见别人死的死、伤的伤,只有他健存,自己就觉得怎样了不得,这么那么夸耀战场上的威雄。一种是变成反对战争的,希望世界上不要再打仗了。托尔斯泰便是最后一种,主张用无抵抗主义来消灭战争。他这么主张,政府自然讨厌他;反对战争,和俄皇的侵略欲望冲突;主张无抵抗主义,叫兵士不替皇帝打仗,警察不替皇帝执法,审判官不替皇帝裁判,大家都不去捧皇帝;皇帝是全要人捧的,没有人捧,还成什么皇帝;更和政治相冲突。这种文学家出来,对于社会现状不满意,这样批评,那样批评,弄得社会上个个都自己觉得不安起来,自然非杀头不可。

但是,文艺家的话其实还是社会的话,他不过感觉灵敏,早感到早说出来(有时,他说得太早,连社会也反对他,也排轧他)。譬如我们学兵式体操,行举枪礼,照规矩口令是"举……枪"这般叫,一定要等"枪"字令下,才可以举起。有些人却是一听到"举"字便举起来,叫口令的要罚他,说他做错。文艺家在社会上正是这样,他说得早一点,大家都讨厌他。政治家认定文学家是社会扰乱的煽动者,心想杀掉他,社会就可平安。殊不知杀了文学家,社会还是要革命。俄国的文学家被杀掉的、充军的不在少数,革命的火焰不是到处燃着吗?文学家生前大概不能得到社会的同情,潦倒地过了一生,直到死后四五十年,才为社会所认识,大家大闹起来。政治家因此更厌恶文学家,以为文学家早就种下大祸根;政治家想不准大家思想,而那野蛮时代早已过去了。在座诸位的见解,我虽然不知道,据我推测,一定和政治家是不相同;政治家既永远怪文艺家破坏他们的统一。偏见如此,所以我从来不肯和政治家去说。

到了后来,社会终于变动了;文艺家先时讲的话,渐渐大家都记起来了,大家都赞成他,恭维他是先知先觉。虽是他活的时候,怎样受过社会的奚落。

刚才我来讲演，大家一阵子拍手，这拍手就见得我并不怎样伟大；那拍手是很危险的东西，拍了手或者使我自以为伟大不再向前了，所以还是不拍手的好。上面我讲过，文学家是感觉灵敏了一点，许多观念，文学家早感到，社会还没有感到。譬如今天××先生穿了皮袍，我还只穿棉袍；××先生对于天寒的感觉比我灵。再过一个月，也许我也感到非穿皮袍不可，在天气上的感觉，相差到一个月，在思想上的感觉就得相差到三四十年。这个话，我这么讲，也有许多文学家在反对。我在广东，曾经批评一个革命文学家——现在的广东，是非革命文学不能算作文学的。是非"打打打，杀杀杀，革革革，命命命"，不能算作革命文学的，我以为革命并不能和文学连在一块儿，虽然文学中也有文学革命。但做文学的人总得闲定一点，正在革命中，哪有工夫做文学。我们且想想：在生活困乏中，一面拉车，一面"之乎者也"，到底不大便当。古人虽有种田做诗的，那一定不是自己在种田；雇了几个人替他种田，他才能吟他的诗；真要种田，就没有工夫做诗。革命时候也是一样，正在革命，哪有工夫做诗？我有几个学生，在打陈炯明时候，他们都在战场；我读了他们的来信，只见他们的字与词一封一封生疏下去。俄国革命以后，拿了面包票排了队一排一排去领面包。这时，国家既不管你什么文学家艺术家雕刻家，大家连想面包都来不及了，哪有工夫去想文学？等到有了文学，革命早成功了。革命成功以后，闲空了一点；有人恭维革命，有人颂扬革命，这已不是革命文学。他们恭维革命颂扬革命，就是颂扬有权力者，和革命有什么关系？

这时，也许有感觉灵敏的文学家，又感到现状的不满意，又要出来开口。从前文艺家的话，政治革命家原是赞同过；直到革命成功，政治家把从前所反对那些人用过的老法子重新采用起来，在文艺家仍不免于不满意，又非被排轧出去不可，或是割掉他的头。割掉他的头，前面我讲过，那是顶好的法子，——从19世纪到现在，世界文艺的趋势，大都如此。

19世纪以后的文艺，和18世纪以前的文艺大不相同。18世纪的英国小说，它的目的就在供给太太小姐们的消遣，所讲的都是愉快风趣的话。19世纪的后半世纪，完全变成和人生问题发生密切关系。我们看了，总觉得十二分的不舒服，可是我们还得气也不透地看下去。这因为以前的文艺，好像写别一个社会，我们只要鉴赏；现在的文艺，就在写我们自己的社会，连我们自己也写进去；在小说里可以发现社会，也可以发现我们自己；以前的文艺，如隔岸观火，自己一定深沉感觉到，一定自己感觉到，一定要参加到社会去！

19世纪,可以说是一个革命的时代;所谓革命,那不安于现在,不满意于现状的都是。文艺催促旧的,渐渐消灭的也是革命(旧的消灭,新的才能产生),而文学家的命运并不因自己参加过革命而有一样改变还是处处碰钉子。现在革命的势力已经到了徐州,在徐州以北文学家原站不住脚;在徐州以南,文学家还是站不住脚,即共了产,文学家还是站不住脚。革命文学家和革命家竟可说完全两件事。诋斥军阀怎样怎样不合理,是革命文学家;打倒军阀是革命家;孙传芳所以被赶走,是革命家用炮轰掉的,决不是革命文艺家做了几句"孙传芳呀,我们要赶掉你呀"的文章赶掉的。在革命的时候,文学家都在做一个梦,以为革命成功将有怎样怎样一个世界;革命以后,他看看现实全不是那么一回事,于是他又要吃苦了。照他们这样叫、啼、哭都不成功;向前不成功,向后也不成功,理想和现实不一致,这是注定的命运;正如你们从《呐喊》上看出的鲁迅和讲坛上的鲁迅并不一致;或许大家以为我穿洋服头发分开,我却没有穿洋服,头发也这样短短的。所以以革命文学自命的,一定不是革命文学,世间哪有满意现状的革命文学?除了吃麻醉药!苏俄革命以前,有两个文学家,叶赛宁和梭波里,他们都讴歌过革命,直到后来,他们还是碰死在自己所讴歌希望的现实碑上。那时,苏维埃是成立了!

不过,社会太寂寞了,有这样的人,才觉得有趣些。人类是欢喜看看戏的,文学家自己来做戏给人家看,或是绑出去砍头,或是在最近墙脚下枪毙,都可以热闹一下子。且如上海巡捕用棒打人,大家围着去看,他们自己虽然不愿意挨打,但看见人家挨打,倒觉得颇有趣的。文学家便是用自己的皮肉在挨打的啦!

今天所讲的,就是这么一点点,给它一个题目,叫做……《文艺与政治的歧途》。

北大之精神(1927年12月19日)

马寅初

事件背景

马寅初(1882-1982)。中国现代经济学家,人口学家、教育家。早年留学美国,获得哥伦比亚大学经济学博士学位。1915年回国后曾任北京大学校长等职。这是他在北大29周年校庆上的讲话。

今日为母校29周年纪念,令人发生深切之印象。现学校既受军阀之摧残而暂时消灭,但今天这纪念会,仍能在杭州举行,聚昔日师友同学至200人之多,可见吾北大形体暂时虽去,而北大之精神则依然存在。

回忆母校自蔡先生执掌校务以来,力图改革,五四运动,打倒卖国贼,作人民思想之先导。此种虽斧钺加身毫无顾忌之精神,国家可灭亡,而此精神当永久不死。然既有精神,必有主义,所谓北大主义者,即牺牲主义也。服务于国家社会,不为一己之私利,勇敢直前,以达其至高之鹄的。

苟有北大之牺牲精神,无论举办何事,则结果之良好,俱可期而待。今以浙江一省而论之,如以北大牺牲精神,办理政府与党务,则不出一年,必可为全国之模范省。盖浙江现时之地位,较它省优良之点甚多。财政之统一一也。浙江之财政厅,尚能统辖全省财政,较之江苏、安徽、福建等省,皆远过之。江苏因为孙传芳之战事未了,所统一者仅长江以南之一部分。安徽在前数月间虽征收税吏,但归二三军队首领所委派。福建的菜贩妓女,亦俱贴印花,其财政上之紊乱,可以想见,至湖广江西等省,更无须深论矣。金融之平稳二也。全省无滥发纸币,引起金融之扰乱。军队之统一三也。教育之优良四也。此次革命军兴,全省所受之损失不大五也。既具此五种之优点,若政治能上轨道,办事人员俱抱北大精神而徐图改革,则将来之浙江,必较今日可以远胜万倍。

虽然,欲图改革,必须自环境之改造入手。重心不在表面,而在人心。今日国家社会之所以每况愈下,根本原因,在于政治之不良,道德之堕落。如寅初回浙未久,而请寅初代谋统捐局长者,不知凡几。且有欲寅初推荐往禁烟局者,彼辈之心理,以为寅初现正在反对禁烟局则寅初推荐之人员,禁烟局不敢不留用。际此生活困难之时,在政界谋事,果属生活问题,情尚可原。然来寅初处谋事之人,甚至预先说价,必须月薪至若干元以上,或有其他不正当之收益者而后可。是故中国大半人民,虽其私人道德,亦有甚好者,但脑筋中实无一"公"字之印象。帮公家观念之薄弱,已达极点。而对一己之升官发财,譬诸厕所之苍蝇,群相骛集。故无论何界,若有一人稍有地位,则其亲戚朋友,全体联带而为其属下,家庭观念之深切,世无其右。当知吾人对于国家社会义务,应以人民之幸福为前提,不当以个人弥补亏空或物质享受为目的。北大昔日既为群众之师，今而后当如何引导人民，打破家庭观念，而易以团体观念打破家庭主义，而易以国家主义，恢复人生固有之牺牲精神。否则若仅有表面之革命，恐虽经千百次，于国家于社会仍无补之事也。

且中国人民之心理，对公家事，若不相干，可以不负责任。如寅初此次反对鸦片，时有人以"在此种社会何必做恶人"之语，来相劝勉，若是家中妇女，如作此语，寅初本可不加深责。然此种浅薄之语，竟发诸现在之官吏与留学生之口。呜呼！一人公正之勇气能有几何，今不以努力助鼓励，而反以冷水浇头，人心至此，可深长叹！中国人以"不"字为道德，如不嫖，不赌，不饮酒，不吸烟，皆属静止之道德，然缺乏相当之努力，与牺牲之精神，以尽人生应有之义务，虽方趾圆颅，实类似腐尸，反不如截发入界，做和尚，何必在世上优忧哉。

是故以北大之精神，牺牲于社会，对于全国，或以范围过大，尚须相当时日。若仅浙江一省，则改造之目的，诚可立而待也。欲使人民养成国家观念，牺牲个人而尽力于公，此北大之使命，亦即吾人之使命也。举凡战胜环境，改造人心，驱除此等奄奄待毙不负责任之习俗，诸君当与寅初共勉之！

不要抛弃学问 (1929年)

胡 适

事件背景

胡适生于1891年，卒于1962年。中国现代哲学家。这篇演讲词是他在中国公学18年级毕业典礼上所发表的。

诸位毕业同学：你们现在要离开母校了，我没有什么礼物送给你们，只好送你们一句话罢。

这一句话是："不要抛弃学问。"以前的功课也许一大部分是为了这张毕业文凭，不得已而做的。从今以后，你们可以依自己的心愿去自由研究了。趁现在年富力强的时候，努力做一种专门学问。少年是一去不复返的，等到精力衰疲时，要做学问也来不及了。即为吃饭计，学问也决不会辜负人的。

吃饭而不求学问，三年五年之后，你们都要被后进少年淘汰的。到那时再想做点学问来补救，恐怕已太晚了。

有人说："出去做事之后，生活问题急需解决，哪有工夫去读书？即使要做学问，既没有图书馆，又没有实验室，哪能做学问？"

我要对你们说：凡是要等到有了图书馆方才读书的，有了图书馆也不肯读书。凡是要等到有了实验室方才做研究的，有了实验室也不肯做研究。你有了决心要研究一个问题，自然会撙衣节食去买书，自然会想出法子来设置仪器。

至于时间，更不成问题。达尔文一生多病，不能多做工，每天只能做一点钟的工作。你们看他的成绩！每天花一点钟看10页有用的书，每年可看3600多页书，30年读11万页书。

诸位，11万页书足可以使你成为一个学者了。可是，每天看三种小报也得费你一点钟的工夫；四圈麻将又得费你一点钟的光阴。看小报呢？还是打麻将呢？还是努力做一个学者呢？全靠你们自己的选择！

易卜生说："你的最大责任是把这块材料铸造成器。"

学问便是铸器的工具。抛弃了学问便是毁了你自己。

再会了！你们的母亲正眼睁睁地要看你们10年之后成什么器。

对美国人民的声明（1931年9月）

甘 地

事件背景

莫罕达斯·卡拉姆昌德·甘地（1869－1948）是印度民族主义运动领袖，有"圣雄"、"国父"之称，首创"非暴力主义"，多次被捕，数次绝食，1948年遇刺身亡。这篇演讲非常简短，但它却深深地打动了美国人民。

依我看，印度人民为争取自由而进行的斗争，不仅必将影响印度和英国，而且还将影响整个世界。印度拥有世界五分之一的人口，曾有过惊人的成就，有延续了数千年的传统，一些至今还完整地保留着。无疑，随着时间的流逝，这个国家纯洁的文明受到了沾染，其中已经渗入了许多其他民族的文化和风俗。

印度要想恢复她过去古老的荣誉,就必须得到自由。我知道,这场争取自由的斗争引起世界关注的原因,不是在于我们印度人民正在为争取自由而战斗,而是在于我们的斗争方式是独特的;就我们所知,历史上还没有过哪个国家曾采用过这种方式。

我们的斗争是非暴力的、不流血的;但也不是大家熟知的外交手段,纯粹是一种简单的理智和信任。难怪全世界人民的注意力都集中在这个要导致一场成功的不流血革命的尝试上。迄今有很多国家都在进行着残酷的流血斗争,他们惩罚着自己所认为的敌人。

由许多大国国歌的歌词里,都有祈求降祸于所谓的敌人的词句。他们发誓要以上帝的名义毫不犹豫地惩罚敌人,请求神明的支持把敌人消灭尽。在印度,我们努力扭转这种思想。我们认为支配残酷的动物界的规律不应用来指导人类。这种规律不符合人类的尊严。

就我个人而言,如果必要的话,我情愿等若干年,而不想以流血的方式为国家争得自由。在将近35年的政治生涯中,我从内心深处愈来愈感到世界正处于生命垂危的时刻。世界人民为之正在寻求一种和平的方式来挽救这个世界,我深信这种方式将会在古老的印度大地上诞生,为这个饥饿的世界寻到生路。

我们将越战越强 (1940年6月4日)

丘吉尔

事件背景

温斯顿·丘吉尔生于1874年,卒于1965年。曾任英国首相,有多方面的才能,是世界公认的天才演说家,还获得过诺贝尔文学奖。希特勒上台后,他提出联苏制德的主张,反对绥靖政策。1940年出任战时联合内阁首相,领导英国人民对德作战。

这篇演讲是在第二次世界大战中,纳粹德军横扫欧洲时,欧洲声讨希特勒的第一篇战斗檄文,它有力地鼓舞了世界人民反抗法西斯德国的坚强斗志。

德军突然大举进攻，好像一把锋利的镰刀，紧紧围逼住北部联军的右翼和后方。德军的八九个装甲师，每师约有各种装甲车400辆，这些车辆分组成一个个精心搭配、相互呼应的独立作战单位，插入了我军，切断了我军和法军主力的一切联系。德军切断了我军的粮食弹药供应。德军沿岸直抵布洛理和加莱，逼近敦刻尔克。

在这支装甲机械部队突击之后，是用军车运载的许多个德军师团，再后面紧跟着的就是大批行动缓慢、阴险残酷的德国侵略者。这些人素来是心甘情愿地被人牵着鼻子闯进别人的自由与安适生活的。这种自由与安适生活，他们在自己的国土上从未享受过。

与此同时，皇家空军早已参战，在航程所及范围内从国内基地出动打击敌人。此外，一部分城市空防战斗机也起飞袭击德国轰炸机群及其用作掩护的大批战斗机。

战斗的时间持续很长，也十分激烈。后来战场的形势突然明朗起来，仅仅到现在，隆隆的枪炮声才暂时渐渐止息。展现在我们眼前的是，靠着完善的工作、机智、技能和耿耿忠心所取得来的奇迹般的解救。

我们的海军动员了各种舰艇近千艘，援救了335000余名英法军士兵，使之脱离虎口，免遭凌辱，安返本国，立即投入新的斗争。

但是我们必须十分慎重，切不可将这次援救说成是胜利。战争不是靠撤退赢得的。但是我们应该注意到，这次援救却孕育着胜利。

归来的许许多多士兵未曾见到我们空军的活动，他们看到的只是逃脱我们空军掩护性攻击的敌人轰炸机。他们低估了我们空军的成就。就此我曾听到许多议论。这就是我现在要离题来谈这件事的理由，我一定要把这件事告诉你们。

这是英国和德国空军实力的一次重大较量。德国空军的目的是使我们难以从海滩撤退，并且要击没所有集结在那里数以千计的船只。除此之外，你们能想象出他们还有更大的目的吗？除此之外，从整个战争的目的来说，还有什么更大的军事重要性和军事意义呢？

他们曾全力以赴，但他们终于被击退了。他们在执行任务过程中遭受了挫折。我们把陆军撤回来了。他们付出的代价，四倍于他们给我们造成的损失。

已经证明，我们各种类型的飞机和我们所有的飞行员比现在我们面对的

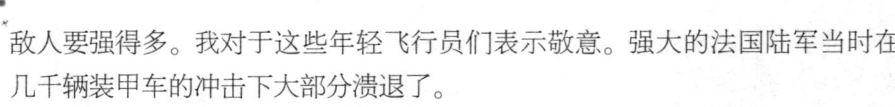

敌人要强得多。我对于这些年轻飞行员们表示敬意。强大的法国陆军当时在几千辆装甲车的冲击下大部分溃退了。

法国军队被削弱,比利时军队全军覆没,曾经赖以确保安全的防线大部分被破坏,许多宝贵的矿区和工厂已归敌人所有,海峡港口全部落入敌手,后果严重,我们还必须准备随时对我们或对法国接踵而来的第二次打击。

我们听说,希特勒计划入侵英伦三岛。这事我们早就预料到。当拿破仑率领他的平底军舰和大军在布洛涅驻扎了一年之久后,有人告诉他:"英国到处有荆棘蒺藜。"的确,英国远征军归来后,英国的荆棘蒺藜就更多了。我们目前在英国本土拥有的兵力,比我们在这次大战中或上次大战中任何时候的兵力不知要强大多少倍,这当然对用于抵抗入侵的本土防御很有利,但不能这样继续下去。我们不能满足于能打防御战。我们对我们的盟国负有义务。我们必须在英勇的总司令戈特勋爵指挥下重建英国远征军。这一切都在进行中,但是在这段期间,人们应该使我们本土防御达到这样一种高水平,即只需要极少数的人便可有效地保障本土安全,同时又可最大潜力地发起攻势。我们现在正在进行这方面的部署。

如果所有的人都能忠于职守,如果我们的工作不出差错,事事都像现在这样安排周密,那么我充满信心。我们将又一次证明我们能够抵御战争的风暴,抗击强暴的威胁,保卫自己的岛国。如果必要,我们就进行持久战,如果必要,我们就孤军奋战。

无论如何,这就是我们准备做的。这就是英国政府以及政府中每个人的决心。这就是国会和全国国民的意愿。由共同的目标和共同的需要联系起来的英帝国和法兰西共和国,将誓死保卫自己的国土,将亲如同胞,尽一切力量彼此支援,即使是欧洲的大片土地和许多文明古国已经或即将沦于盖世太保及一切可憎的纳粹机构之手。

我们不会气馁,也不会屈服,我们要坚持到底,我们要在法国国土上作战,要在各个海洋上作战。我们的空军将越战越强,越战越有信心,我们将不惜一切牺牲保卫我国本土,我们要在滩头作战,在登陆地作战,在田野、在山上、在街头作战,我们在任何时候决不投降,即使整个英伦岛或大部分土地被占,我们饥寒交迫,我们所有由英国船队武装和保护的海外帝国也将继续战斗。直到上帝认为适当的时候已到,新大陆将挺身而出,以其全部力量支援新世界,解放旧世界!

热血、辛劳、眼泪和汗水（1940年5月13日）

丘吉尔

事件背景

丘吉尔，英国首相。百年来世界八大演说家之一，在政治、军事、外交、文学、哲学方面都有很高的造诣。

本篇是丘吉尔在英国危难之际任首相的就职演说。

上星期五晚上，我接受了英王陛下的委托，组织新政府。这次组阁，应包括所有的政党，既有支持上届政府的政党，也有上届政府的反对党，显而易见，这是议会和国家的希望与意愿。我已完成了此项任务中最重要的部分。战时内阁业已成立，由五位阁员组成，其中包括反对党的自由主义者，代表了举国一致的团结。三党领袖已经同意加入战时内阁，或者担任国家高级行政职务。三军指挥机构已加以充实。由于事态发展的极端紧迫感和严重性，仅仅用一天时间完成此项任务，是完全必要的。其他许多重要职位已在昨天任命。我将在今天晚上向英王陛下呈递补充名单，并希望于明日一天完成对政府主要大臣的任命。其他一些大臣的任命，虽然通常需要更多一点的时间，但是，我相信会议再次开会时，我的这项任务将告完成，而且本届政府在各方面都将是完整无缺的。

我认为，向下院建议在今天开会是符合公众利益的。议长先生同意这个建议，并根据下院决议所授予他的权力，采取了必要的步骤。今天议程结束时，建议下院休会到5月21日星期二。当然，还要附加规定，如果需要的话，可以提前复会。下周会议所要考虑的议题，将尽早通知全体议员。现在，我请求下院，根据以我的名义提出的决议案，批准已采取的各项步骤，将它记录在案，并宣布对新政府的信任。

组成一届具有这种规模和复杂性的政府，本身就是一项严肃的任务。但是大家一定要记住，我们正处在历史上一次最伟大的战争的初级阶段，我们正在挪威和荷兰的许多地方进行战斗，我们必须在地中海地区做好准备。空战仍在继续,众多的战备工作必须在国内完成。在这危急存亡之际,如果我今天没有向下院作长篇演说,我希望能够得到他们的宽恕。我还希望,因为这次政府改组而受到影响的任何朋友和同事,或者以前的同事,会对礼节上的不周之处予以充分谅解,这种礼节上的欠缺,到目前为止是在所难免的。正如我曾对参加本届政府的成员所说的那样,我要向下院说:"我没什么可以奉献,有的只是热血、辛劳、眼泪和汗水。"

摆在我们面前的,是一场极为痛苦的严峻的考验。在我们面前,有许许多多漫长的斗争和艰难的岁月。你们问:我们的政策是什么?我要说,我们的政策就是用我们全部能力,用上帝所给予我们的全部力量,在海上、陆地和空中进行战争,同一个在人类黑暗悲惨的罪恶史上所从未有过的穷凶极恶的暴政进行战争。这就是我们的政策。你们问:我们的目标是什么?我可以用一个词来回答:胜利——不惜一切代价,去赢得胜利;无论多么可怕,也要赢得胜利,无论道路多么遥远和艰难,也要赢得胜利。因为没有胜利,就不能生存。大家必须认识到这一点:没有胜利,就没有英帝国的存在,就没有英帝国所代表的一切,就没有促使人类朝着自己目标奋勇前进这一世代相因的强烈欲望和动力。但是当我挑起这个担子的时候,我是心情愉快、满怀希望的。我深信,人们不会听任我们的事业遭受失败。此时此刻,我觉得我有权利要求大家的支持,我要说:"来吧,让我们同心协力,一道前进。"

谁说败局已定 (1940年6月8日)

戴高乐

事件背景

夏尔·戴高乐生于1890年,卒于1970年。法国总统,曾参加过第一、第二次世界大战。二次世界大战期间是法国海外抗战运动的领导人,临时政府首脑,从1958年起连续担任了11年的总统。他不仅是法国现代史上最杰出的人物,同时在西方他也是首倡和我国友好的政治家。此篇演讲是在法国被德国法西斯攻占后,戴高乐流亡于英国伦敦组织境外抗战的电台广播。

担任了多年军队领导职务的将领们已经组成了一个政府。

这个政府借口军队打了败仗，便同敌人接触，谋取停战。

我们确实打了败仗，我们已经被敌人陆、空军的机械化部队所困。我们之所以落败，不仅因德军的人数众多，更其重要的是他们的飞机、坦克和作战战略。正是敌人的飞机、坦克和战略使我们的将领们惊惶失措，以至出此下策。

但是难道败局已定，胜利已经无望？不，不能这样说！

请相信我的话，因为我对自己所说的话完全有把握。我要告诉你们，法兰西并未落败。总有一天我们会用目前战胜我们的同样手段使自己转败为胜。

因为法国并非孤军作战。她并不孤立！决不孤立！她有一个幅员辽阔的帝国作后盾，她可以同控制着海域并在继续作战的不列颠帝国结成联盟。她和英国一样，可以得到美国雄厚工业力量源源不断的支援。

这次战祸所及，并不限于我们不幸的祖国，战争的胜败亦不取决于法国战场的局势。这是一次世界大战。我们的一切过失、延误以及所受的苦难都没关系，世界上仍有一切手段，能够最终粉碎敌人。我们今天虽然败于机械化部队，将来，却会依靠更高级的机械化部队夺取胜利。世界命运正系于此。

我，戴高乐将军，现在在伦敦发出广播讲话。我呼吁目前或将来来到英国国土的法国官兵，不论是否还持有武器，都和我联系；我呼吁具有制造武器技术的技师和技术工人，不论是目前或将来来到英国国土，都和我联系。

无论出现什么情况，我们都不容许法兰西抗战的烽火被扑灭。法兰西抗战烽火永不会被扑灭。

明天我还要和今天一样在伦敦发表广播讲话。

论合众国的作用 （1940年10月17日）

威尔基

事件背景

威尔基生于1892年，卒于1944年。美国著名演说家，华尔街律师。为遏止罗斯福三连任势头，威尔基在各地发表了540次演说，本篇是其中最为精彩的一篇。

我来到圣路易斯感到非常高兴。我愉快地回想起，就在共和党召开全国大会前夕，我也曾到此拜访。今晚，我要同大家谈一个本人深信不疑的问题。当然，同内地人民相比大西洋和太平洋沿岸的人民与外交事务的关系确实是密切一些。

然而，我肯定沿海人民都会同意，除非充分反映伟大的内地人民的理想和希望，合众国的政策就不可能是正确的、现实的。

在这片密西西比河流域，让我们展开想象的翅膀，让我们的视线越过阿勒格尼山，到达大西洋；越过洛基山，到达太平洋。我们可以看清美国在地球上所处的位置。我们可以看见，在欧洲，杀人如麻的军队正在推进，并侵入了原来在这个民主世界上占有重要地位的国家。我们看到，那些军队已越过我们的一些孩子的安葬之地。

当我们回头遥望，当我们的视线越过太平洋，我们发现，那个把欧洲变为废墟、贪得无厌、侵略成性的独裁者，现在已与日本缔结了同盟，而且似乎是针对美国。

我们或许可以用日本远离我国的事实而自慰。同样，我们或许可以用日本外交部最近所说的新同盟其实不是针对美国的话而自慰。我们深切期望日本说的是真话。

然而，从历史记载来看，我们必须对那个同盟感到担忧。

美国同胞们，这种形势已酝酿多年，事实上，从第一次世界大战或更早就初露端倪了。但是今晚，我想只限于讨论最近四五年的事态发展。

在这四五年中，华盛顿政府在外交上十分活跃。这个政府自称，它积极促进和平事业。它力图使美国人民相信，它的外交方针是明智的。

今天，美国有些人坦率地承认，政府在履行国内最基本的职责方面失败了。新政搞乱了美国工业，造成了普遍失业，使美国濒临崩溃。

然而，同样是这些人，却又说政府在外交上非常明智和有效，因而应该当选并第三次连任。

对于政府在当前国际某些问题上所要达到的目标。我是赞同的。等一会儿，我再来详细地谈谈这些目标。

但是，今晚我要直言不讳地说，新政在外交事务上既不明智，又无实效。我认为新政对和平无所贡献。事实上，我认为新政助长了战争。我之所以这样说，是因为人们有一个根本的误解，他们没有从根本上认识美国应在世界各国中起什么作用。

为了说明我所认为的美国所应发挥的正确的作用,我现在要引述一位欧洲政治家关于美国的几大段谈话。在我看来,这位政治家是当今世界上最有勇气和最有远见的人。我说的是英国首相温斯顿·丘吉尔。

现在,请大家仔细听听以下几段话。第一段写于1937年冬。请诸位听仔细,这些话不是温德尔·威尔基说的,而是温斯顿·丘吉尔说的,但诸位听到后会以为是我说的。

"合众国援助欧洲各民主国家的最好办法,"丘吉尔先生在1937年说,"莫过于振兴自己并保持繁荣。"

"对世界事务而言,"他说,"一个繁荣的合众国将产生巨大而有益的影响。相反,一个濒临金融和经济崩溃的合众国,将产生广泛而深远的恶劣影响,并在法国和英国最需要变得坚强的时候削弱了这两个国家。"

让我继续引用他的话。"华盛顿当局如此无情地向私人企业开战,以致实际上……合众国正在把世界引向萧条的深谷……"

请大家注意,上面这段话写于1937年。它是丘吉尔关于新政对经济复兴和对世界影响的想法。

现在,我继续引用丘吉尔的话。

"即使在和平时期,"他说,"合众国的金融政策也可以对潜在的独裁者的战争准备起到有力的抑制作用。"

那就是1937年的丘吉尔。他说过,假如华盛顿当局在当时为美国实现了经济复兴,希特勒的行动本来会受到制止。

但是,华盛顿当局做了些什么呢?请不要用温德尔·威尔基的话来回答,而用温斯顿·丘吉尔的话来回答,用他在一年以后,即在1938年说过的话来回答。

"合众国的经济和金融状况十分混乱,"丘吉尔先生在1938年说,"这不仅使所有的姐妹国家感到气馁,而且削弱了她们用以缓和种族仇恨和抵制暴政的力量。合众国能为世界事业做的首要贡献乃是使自己强盛起来,并很好地武装起来。"

我仍然是在引用丘吉尔的话。让我们看看他还要说什么。

"大企业与行政当局之间的战争在令人痛苦地继续进行着。两大力量似乎都没有认识到,它们是多么相互依存。总统继续在无忧无虑地一会儿干扰,一会儿抚慰企业界和金融界。他朝三暮四，出尔反尔，摇摆不定。因此，人们的信心没有恢复。"

"为了缓解失业问题，国家投入了巨大的力量。而如果能恢复正常的信心状况，即使只花一年时间，失业问题也能不治而愈。"

难道这些话与温德尔·威尔基一直在对美国人民所说的话有很大区别吗？

好，让我们来看一看这位直率的、有远见的政治家对1938年的美国还谈了些什么。"党派政治已侵蚀我们的经济生活的各个方面。一个装备精良的自由民族，虽拥有权威和声望，但倘若金融和政治状况混乱，这种权威和声望也会受到损害。"

他接着提出了一个希望，当然我今晚要在此如实复述。

"但是，我们必须希望其他人的意见能够赢得胜利。"

这就是大洋彼岸那位政治家心目中的1938年的美国。毫无疑问，这不是新政为美国人民所描绘的、刻意斟酌的美国外交方针。但是，它是一幅不加掩饰的图画，而绘画人肩负着保卫民主世界的重任。

我知道，很多人认为，由于大西洋和太平洋广阔无边，所以美国不必对大洋彼岸的事态忧心忡忡。

两大洋的确广阔无边。我们可以站在这儿，站在美国的中心地区，信心百倍地宣布：我们不想，我们也不打算又一次派遣我们的孩子渡过大洋。如果你们选我当总统，我们就能做到这一点。

同样，我相信，如果你们选举那个想获得三连任的人。孩子们就要被派遣。我们不能，也不该用武力来维持欧洲的和平。

但是，同胞们，造物主的本意不是要把这些广阔的海洋用作屏障。它们应该是进行商务和贸易往来的、广阔的蓝色通道。

美国在世界上的作用不是解决边界纠纷或种族争端，不是在欧洲维持均势。美国的作用——至少她在和平时期应该这样做，是扮演一个更能迎合我国人民意愿的角色，是创造购买力，是提高我们自己的生活水准，继而提高其他人民的生活水准。

这就是我们的目标。我们如果达不到这一目标，就会削弱民主世界。在过去几年中，即自从丘吉尔写下上述真知灼见以来的几年中，我们在这个目标面前彻底失败了；我们还看到，很大一部分民主世界已崩溃了。

然而有些人说，所有这一切都已是覆水难收。我们也许可以寄希望于未来，那时，在某个未来政府领导下，美国能有机会扮演一种和平时期的角色。他们说，今天世界上正在打仗，所以，新政对于合众国发挥战时的——而不是和平时期的作用是必不可少的。

但是我要问，这个作用是什么？这个所谓离开新政就不能发挥的作用是什么？

让我们又一次在这儿，在美国的中心地区谈论这个问题。当我们眺望大洋彼岸，我们在自己与衰落的商务贸易之间发现了什么？

我们在我国的自由企业与奴隶制的极权主义生产方式之间，发现了什么？

我们在我们所珍爱的自由制度与野蛮的奴役哲学之间，发现了什么？

我们发现了大不列颠。我们发现了英雄的英国人民昂首挺立。

我们发现在大西洋彼岸有这样的人；我们发现在北方邻邦加拿大有这样的人；我们发现在遥远的太平洋彼岸、在澳洲和大洋洲也有为数不多的这样的人。

当我们站在这里，遥望东方和西方，我们发现英国人民正在自由的边缘上生活。

所以我要再一次问：在这种情况下，在这个备受战争蹂躏的世界上，合众国应该起什么作用？

这个作用指的是什么？这个所谓离开新政就不能发挥的作用是什么？

难道这意味着我们应该派遣一支远征军？难道这意味着我们应该再次投入外国的战争？难道这就是所谓新政不可缺少的作用？难道这就是不断从华盛顿传出挑衅、污蔑、秘闻和谣言的原因？

我坦率地、极其严肃地提出了这个问题。因为你们大家和我都知道，这不是我们应该起的作用。

我们不能把远征部队派往那个自由边缘地区。我们没有这样的部队，即便有，这样做也没有任何好处。这不是那里的人民所需要的，甚至也不是他们所要求的。

加强那个自由边缘地区只有一个办法，即只有通过新政倡导者所不能理解的做法——生产。

我们必须生产，生产，再生产。我们必须生产飞机，生产千百种其他物品。那就是我们所要发挥的作用。那就是我们必须起到的、加强那个自由边缘地区的作用。但是，密苏里州的人民！当我们得出了那个结论，却发现了

一个可怕的事实,一个非常可怕的事实。我们并没有送到英国的所需物资,我们甚至不能满足自己的需要。还有一个事实,一个最糟糕的事实:我们甚至不能生产出足够的产品。我们不是在以应该的、或必需的方式提供援助,即使我们并不想在这个血腥而残酷的世界上孤军奋斗。

为什么会出现这种情况?为什么我们不能做应该做的、美国迄今以此为荣的事?

因为在过去五年,政府虽然知道、无可奈何地知道世界发生了变化,却完全不理解美国在一个深受战争蹂躏的世界上应该起什么作用。

政府没有认识到——极其悲哀地没有认识到——战争与和平的关键就是美国,就是美国的生产——生产。我在很多场合说过,自从政府意识到应该有足够的防务能力以来,差不多五年时间过去了。政府自己在1936年1月就这样说过。然而,政府从那时起在这方面做了些什么?我们的生产部门在政治宣传的浊浪中遭到了污蔑、攻击和扼杀。我们的海军没有加强;我们的陆军没有现代化;我们听任我们的兵器日趋陈旧;我们的飞机制造业得不到鼓励;我们今天只有数量很少的一百来架现代飞机。结果,我们今天甚至没有能力在本国制造飞机。这引起了另一个结果:我们送到英国的每一件东西,都牺牲了自己的防务能力。我们不得不作出痛苦的抉择:到底是先把东西提供给英国,还是先提供给我们自己?我们不能使任何一方都得到充足的供应,更不要说使双方都得到满足了。

我以前说过,为了援助英国,我赞成在一定程度上牺牲我们自己的防务计划。但我要在这里强调指出,这是一种牺牲,这种牺牲完全是由于新政的错误而造成的。

更糟糕的是,而且是非常糟糕的是,我国的整个工业系统已陷于混乱。将来,即使我们能在常规基础上进行生产,我国的发展速度也会大大减慢。

因为我们不是从正常水平上开始这项伟大任务的。我们是从萧条的水平上起步,是从新政所造成的萧条水平上起步。

因此,美国同胞们,我要非常、非常严肃地提出以下论点:这个政府主要通过打击美国工业来维持自己的权力。这个政府不懂工业,它不懂,也从未研究过最基本的生产原则。

这个政府从1933年到1937年一直弄不懂美国与世界和平的关系,从1937年到现在一直搞不清美国与战争世界的关系。

这个政府现在甚至直到现在，还拒绝把充分的权力赋予懂生产的人。它坚持把整个防务计划交给一个人批准，而此人正在争取三连任，从而违背了这个共和国的最珍爱的传统。

你们当真相信这个政府能应付当前这个完全由它引起的危机吗？

你们当真相信它能迅速而有效地加强自由边缘地区吗？

你们当真相信它能为美国提供不可缺少的防御器，同时又能为英国送去适当的援助吗？

你们当真相信它决不会把我们的孩子送上战场，以便不顾一切地掩饰自己不抓生产的错误吗？

在世界历史上，从未有过如此繁重的生产任务。这是人类迄今所面临的最伟大的生产任务，远远超过我们在上一次世界大战中所试图完成的任务。

而且，我还可以坦率地说：在美国历史上，对生产问题及其必要性懂得最少的政府莫过于本届政府。

让我们不要被表面现象所愚弄。让我们不要被装腔作势和花言巧语所愚弄。在战争中，高谈阔论从来救不了任何人的性命。

美国对于造成今天的世界性危机也出了一份力。对此事负有责任的那个人就是寻求三连任的人。不过，他想利用国际问题来实现自己的三连任，这似乎令人感到惊讶。

今晚，我不仅是在向你们密苏里州人民讲话，我是在向从太平洋到大西洋，从加拿大到墨西哥的千百万人民讲话。

我呼吁所有的人。让我们大家如实地看待美国吧！美国在和平时期采取行动时应具有一种意识——她是世界上的一支伟大的经济力量。她对自己的行动如果不负责任，就会扰乱世界经济。

因此，我们在和平时期有作用是生产，是提高购买力，是提高生活水平，不仅提高我们自己的生活水平，而且提高向往民主生活方式的人们的生活水平。

我们在战争时期的角色也完全一样。我们的作用还是生产——用生产来加强远离我国边界的自由边缘地区。如果美国在生产上失败了——无论在战时或和平时期就会导致民主世界的灾难。让我们对此保持十分清醒的头脑。1937年，新政使我国经济复兴的势头戛然而止，进而使法国和英国蒙受灾难，并助长了希特勒的气焰。

让我们如实地看待我们自己吧！如果我们在和平时期和战时不能担负起

双重的生产责任,将会发生什么?当美国在生产上失败了,将会发生什么?将发生战争。是的,一旦我们的生产部门失败,甚至连自己也将面临战争威胁。

现在,针对我国的同盟已经缔结,对我国的威胁已接踵而至,我国的利益已遭到侵犯。独裁者们的间谍已侵入我们的南方邻国,要疏远这些国家同我国的关系。

战争从来不是通向和平之路。绥靖从来不是通向和平之路。生产,唯有生产,才是通向和平之路。

今天,由于我们自己需要建立起防御体系,所以情况变得更为紧迫。等到我们能用自己的空军、海军和陆军来显示实力,等到我们能把工业动员起来作为军队的后盾,到那时,我们想象的任何外国势力都会变得微不足道。

这个防御体系的首要任务应当是巩固自己,并且支持北方邻国加拿大和南方的几个邻国。当我们使这个防御体系变得坚强起来只有当我们使它变得坚强起来,我们在本半球实现和平的希望才能成为现实。

与历史上任何时候相比,现在美国人民的手中更握有其他国家的命运;与历史上任何时候相比,现在更要由美国人民来浇铸未来的结构。

这个结构,这个未知的结构,将会在未来的某一天诞生,即在下个月人民将为未来四年挑选自己的政府的那一天诞生。

到了那一天,希望人民不要选择一个空谈和平的政府,不要选择一个装腔作势的政府,不要选择一个虽作出很多许诺、但迄今仍未兑现的政府。

相反,让人民选择一个将把和平变成现实的政府,选择一个将把事情办成并使他们强大起来的政府。这个政府能够面对任何独裁者并且说:"这就是美国,美国已经准备就绪。"

捍卫我们的自由、荣誉和祖国 (1941年7月3日)

斯大林

事件背景

约瑟夫·维萨里昂维奇·斯大林生于1879年,卒于1953年。苏联共产党和国家的领袖、政治家和军事家。在卫国战争期间,担任国防委员会主席、武装力量最高统帅,领导苏联人民打败了希特勒法西斯德国,保卫和巩固了世界上第一个社会主义国家。

这是在希特勒发动"闪电战"入侵苏联10天后的激励全民抗战的演讲词。

同志们!公民们!兄弟姐妹们!我们的陆海军战士们!我的朋友们,我现在向你们讲话!

希特勒德国从6月22日起向我们祖国发动背信弃义的军事进攻,现在仍持续着。虽然红军英勇抵抗,虽然敌人的精锐师团和精锐空军部队被击溃,被埋葬在战场上,但是敌人又向前线投入了新的兵力,继续向前进犯。……我们的祖国面临着严重的危险。

我们光荣的红军怎么会让法西斯军队占领了我们的一些城市和地区呢?难道德国法西斯军队真的像法西斯吹牛宣传家所不断吹嘘的那样,是无敌的军队吗?

当然不是!历史表明无敌的军队现在没有,过去也没有过。拿破仑的军队曾被认为是无敌的,可是这支军队却先后被俄国、英国和德国的军队击溃了。在第一次帝国主义战争时期,威廉的德国军队也曾被认为是无敌的军队,可是这支军队曾经数次败在俄国军队和英法军队手中,终于被英法军队击溃了。现在希特勒的德国法西斯军队也是这样。这支军队在欧洲大陆还没有遇到重大的抵抗。只是在我国领土上,德国才遇到了强大的抵抗。由于我们的抵抗,德国法西斯军队的精锐师团已被我们红军击溃。这就是说,正像拿破仑和威廉的军队一样,希特勒法西斯军队也是能够被击溃的,而且一定会被击溃。

……

为了消除我们祖国面临的危险,需要做些什么呢?为了粉碎敌人,应该采取哪些措施呢?

首先我们苏联人必须了解到威胁我国的严重危险程度,坚决克服泰然自若、漠不关心的心理,克服和平建设的情绪。这种情绪在战前是完全可以理解的,但是现在,战争使形势根本改变了,这种情绪就变得十分有害。敌人是残酷无情的。他们的目的是要侵占我们用汗水浇灌出来的土地,掠夺我们凭劳动获得的粮食和石油。他们的目的是要恢复地主政权,恢复沙皇制度,摧残俄罗斯人、乌克兰人、白俄罗斯人、立陶宛人、拉脱维亚人、爱沙尼亚人、乌兹别克人、鞑靼人、摩尔达维亚人、格鲁吉亚人、亚美尼亚人、阿塞拜疆人以及苏联其他各自由民族的民族文化和国家制度,把我们德意志化,使我们变成德国王公贵族的奴隶。因此,这是苏维埃国家生死存亡的问题,是苏联各族人民生死存亡的问题,是苏联各族人民继续享受自由还是沦为奴隶的问题。苏联人民要了解这一点,不要再漠不关心。你们必须动员起来,把自己的全部工作转到新的战时轨道上来,拿出对敌人毫不留情的气概。

……

同法西斯德国的战争,决不能看成普通的战争。这场战争不仅是两国军队之间的战争,也同时是全体苏联人民反对德国法西斯军队的伟大战争。这场反法西斯压迫者的全民卫国战争的目的,不仅是要消除我国面临的危险,还要帮助那些在德国法西斯主义枷锁下的欧洲各国人民,在这场解放战争中,我们不是孤立的。……

同志们!我们的力量是无穷无尽的。趾高气扬的敌人很快就会付出代价懂得这一点。同红军一道对进犯我国的敌人奋起作战的,有成千成万的工人、集团农庄的农民、知识分子。我国千百万人民群众都将奋起作战。莫斯科和列宁格勒的劳动者已经开始成立有成千上万人的民兵队伍来支援红军。在我们反对德国法西斯主义的卫国战争中,在每一个遭到敌人侵犯危险的城市里,我们都应当成立这样的民兵队伍,发动全体劳动者起来斗争,挺身捍卫我们的自由、我们的荣誉、我们的祖国。

一个遗臭万年的日子(1941年12月8日)

罗斯福

事件背景

富兰克林·罗斯福(1882－1945),美国第32任总统。1941年12月7日,日本人偷袭了美国的珍珠港,这篇演讲词就是罗斯福在国会上针对这一事件发表的讲话。

副总统先生、议长先生、参众两院各位议员：

昨天，1941年12月7日——一个遗臭万年的日子——美利坚合众国遭到了日本帝国海空军部队突然和蓄谋的进攻。

合众国当时同该国处于和平状态，而且，根据日本的请求，当时仍在同该国政府和该国天皇进行着对话，对于维护太平洋的和平有所期待。实际上，就在日本空军中队已经开始轰炸美国瓦胡岛之后一小时，日本驻合众国大使及其同事还向我们国务卿提交了对美国最近致日方的信函的正式答复。虽然复函声言继续现行外交谈判似已无用，但它并未包含着有关战争或武装进攻的威胁或暗示。

应该记录在案的是：由于夏威夷同日本的距离，这次进攻显然是许多天乃至若干星期以前就已蓄意进行策划的。在策划过程之中，日本政府通过虚伪的声明和表示希望维系和平而蓄意对合众国进行了欺骗。

昨天对夏威夷群岛的进攻，给美国海陆军队造成了严重的损害，我遗憾地告诉各位，很多美国人丧失了生命，据报道，美国船只在旧金山和火奴鲁之间的公海上也遭到了鱼雷袭击。

昨天，日本政府已发动了对马来西亚的进攻。

昨夜，日本军队进攻了香港。

昨夜，日本军队进攻了关岛。

昨夜，日本军队进攻了菲律宾群岛。

昨夜，日本人进攻了威克岛。

今晨，日本人进攻了中途岛。

因此，日本在整个太平洋区域采取了突然的攻势。昨天和今天的事实不言自明。合众国的人民已经形成了自己的见解，并且十分清楚地关系到我们国家的安全和生存的本身。

作为海陆军总司令，我已指示，为了防备我们采取一切措施。

但是，我们整个国家都将永远记住这次对于我们进攻的性质。

不论要用多长的时间才能战胜这次预谋的入侵，美国人民以自己的正义力量一定要赢得绝对的胜利。

我现在在断言，我们不仅要做出最大的努力来保卫我们自己，我们还将确保这种形式的背信弃义永远不会再危及我们。我这样说，相信是表达了国会和人民的意志。

敌对和行动已经存在。毋庸讳言,我国人民,我国领土和我国利益都处于严重危险之中。

信赖我们的武装部队——依靠我国人民的坚定信心——我们将取得必然的胜利——上帝助我。

我要求国会宣布:自 1941 年 12 月 7 日——星期日日本进行无缘无故和卑鄙怯懦的进攻时起,合众国和日本之间已处于战争状态。

战争会造就英雄豪杰(1943 年 6 月 27 日)

巴 顿

事件背景

小乔治·史密斯·巴顿生于 1885 年,卒于 1945 年。美军上将。毕业于西点军校。在第二次世界大战中,曾任美军第七集团军司令、第三集团军司令等职。他治军严明、作风顽强,善于捕捉战机,大胆而果断,被誉为美国标准的职业军人。本篇是他在一次检阅军事演习后对年轻士兵的讲话。

显然,你们大家知道战斗即将来临,但是,战争并不像你们许多人想象的那样。你们第 45 师的战士们必须面对这一现实,你们是要同久经沙场的老兵去竞赛,但你们也不要发愁。他们也都打过第一仗,他们的第一仗是打胜了,而你们也会打胜第一仗。

战争并不像那些从未打过仗的人想象的那么可怕。作家们夸夸其谈,说什么会思念你们的母亲、情人和妻子(妻子也是你们的情人)。这些作家们既没有听到过一声敌人的枪声,也从未耽误过一餐饭,他们不是按照战争的本来面目来描写战争,而是按他们的想象来描写。

战争是人类所能参加的最壮观的竞赛。战争会造就英雄豪杰,会荡涤一切污泥浊水。所有的人都害怕战争。然而,懦夫只是那些让自己的恐惧战胜了责任感的人。责任感是大丈夫气概的精华。美国人可以为他们都是好汉而感到自豪,他们的确是好汉。

在"密苏里"号战舰受降仪式上的演说

(1945年9月2日)

麦克阿瑟

事件背景

道格拉斯·麦克阿瑟生于1880年,卒于1964年。美国五星上将。著名演说家。第二次世界大战爆发后,指挥盟军参加西南太平洋地区战争。1950年任所谓的"联合国军总司令",指挥侵朝战争,1951年4月,因美军在朝受挫被解除军职并退出军界。

这是1945年9月2日,麦克阿瑟在"密苏里"号战舰上,代表盟军接受日军投降签字时的致辞演讲。

我们主要参战国的代表们聚集在这里,来签署一项庄严的协定,和平可能从此得以恢复。

……

在这个庄严的时刻,我们将告别充满血腥屠杀的旧世界,迎来一个十分美好的新世界、一个基于信念和谅解的新世界。我们在这个新世界中,将致力于维护人类的尊严,实现人类追求自由、宽容和正义的最美好的愿望。这是我真诚的希望,实际上也是全人类的希望。

(接着,麦克阿瑟指着桌子对面的椅子,严肃地说:)

日本帝国政府和日本皇军总司令代表现在前来签字。

(所有代表签字完毕,麦克阿瑟又一次向与会者致辞说:)

我们共同祝愿,世界从此恢复和平,祈求上帝使和平永存。仪式到此结束。

在日本投降时发表的广播演说（1945年9月2日）

杜鲁门

事件背景

哈里·杜鲁门生于1884年，卒于1972年。美国第33任总统。1945年任副总统，同年因罗斯福总统在任期内病逝而继任总统。1949年连任总统。本文是日本宣布投降时他所作的广播演讲。

全国的同胞们：

全美国的心思和希望——事实上整个文明世界的心思和希望——今天晚上都集中在密苏里号军舰上。在这停泊于东京港口的一小块美国领土上，日本人刚刚正式放下武器，签署无条件投降书。

四年前，整个文明世界的心思与恐惧集中在美国另一块土地上——珍珠港。那里曾发生对文明巨大的威胁，现在已经清除了。从那里通到东京的是一条漫长的、洒满鲜血的道路。

我们不会忘记珍珠港。

日本帝国主义者也不会忘记美国军舰密苏里号。

日本军阀犯下的罪行是无法弥补、也无法忘却的。但是他们的破坏和屠杀力量已经被剥夺了。现在他们的陆军以及剩下的海军已经毫不足惧了。

……

当然，我们首先怀着深深感激之情想到的，是在这场可怕的战争中牺牲或受到伤残的亲人们。在陆地、海洋和天空，无数美国男女公民奉献出他们的生命，换来今日的最后胜利，使世界文明得以保存。但是，无论多么巨大的胜利都无法弥补他们的损失。

我们想到那些在战争中忍受亲人死亡的悲痛人们。死亡夺去了他们挚爱的丈夫、儿子、兄弟和姐妹。无论多么巨大的胜利也不能使人们和亲人重逢了。

只有当他们知道亲人流血牺牲换来的胜利会被明智地运用时，他们才会稍感安慰。我们活着的人们，有责任保证使这次胜利成为一座纪念碑，以纪念那些为此牺牲的烈士。

……

这次胜利不仅是军事上的胜利。这是自由对暴政的胜利。

我们的兵工厂源源不断生产坦克、飞机，直捣敌人的心脏；我们的船坞源源不断制造出战舰，沟通世界各大洋，供应武器与装备；我们的农场生产出食物、纤维，供应我们海陆军以及世界各地的盟国；我们的矿山与工厂生产出各种原料与成品，装备我们，战胜敌人。

然而，作为这一切的后盾是一个自由民族的意志、精神与决心。这个民族知道自由意味着什么，他们知道为了保持自由，值得付出任何代价。

正是这种自由精神给予我们武装力量，使士兵在战场上战无不胜。现在，我们知道，这种自由的精神、个人的自由以及人类的个人尊严是世界上最强大、最坚韧、最持久的力量。

……

胜利是值得欢庆的，但是同时有其负担和责任。

但是，我们以极大的信心与希望面对未来及一切艰险。美国能够为自己造就一个充分就业而安全的未来。连同联合国一起，美国能够建立一个以正义、公平交往与忍让为基础的和平世界。

我以美国总统的身份宣布1945年9月2日星期日——日本正式投降的日子——为太平洋战场胜利纪念日。这一天还不是正式停战和停止敌对行为的日子，但是我们美国人将永远记住这是报仇雪耻的一天，正如我们将永远记住另一天是国耻日一样。

从这一天开始，我们将走向一个国内安全的新时期，我们将和其他国家一同走向一个国与国之间和平、友善和合作的更美好的新世界。

上帝帮助我们取得了今天的胜利。我们仍将在上帝的帮助下得到我们以及全世界的和平与繁荣。

诺贝尔文学奖获奖演说（1945年）

海明威

事件背景

海明威生于1899年，卒于1961年。美国著名作家。曾做过记者。1923年起开始文学创作，1952年发表著名小说《老人与海》，并因此获诺贝尔文学奖。他的作品文笔简练，内涵丰富，语言明快隽永，有独特的风格。

我不善辞令，缺乏演说的才能，只想感谢阿弗雷德·诺贝尔评奖委员会的委员们慷慨授予我这项奖金。

没有一个作家，当他知道在他以前不少伟大的作家并没有获得此项奖金的时候，能够心安理得领奖而不感到受之有愧。这里无须一一列举这些作家的名字。在座的每个人都可以根据他的学识和良心提出自己的名单来。

要求我国的大使在这儿宣读一篇演说，把一个作家心中所感受到的一切都说尽是不可能的。一个人作品中的一些东西可能不会马上被人理解，在这点上，他有时是幸运的；但是它们终究会十分清晰起来，根据它们以及作家所具有的点石成金本领的大小，他将青史留名或被人遗忘。

写作，在最成功的时候，是一种孤寂的生涯，作家的组织固然可以排遣他们的孤独，但是我怀疑它们未必能够促进作家的创作。一个在稠人广众之中成长起来的作家，自然可以免除孤苦寂寥之虑，但他的作品往往流于平庸。而一个在岑寂中孤独工作的作家，假若他确实不同凡响，就必须天天面对永恒的东西，或者面对缺乏永恒的状况。

对于一个真正的作家来说，每一本书都应该成为他继续探索那些尚未到达的领域的一个新地点。他应该永远尝试去做那些从来没有人做过或者他人没有做成的事。这样他就有幸会获得成功。

如果已经写好的作品，仅仅换一种方法又可以重新写出来，那么文学创作就显得太轻而易举了。我们的前辈大师们留下了伟大的业绩。正因为如此，一个普通作家常常被他们逼人的光辉驱赶到远离他可能到达的地方，陷入孤立无援的境地。

作为一个作家,我讲得已经太多了。作家应当把自己要说的话写出来,而不是讲出来。再一次谢谢大家了。

历史将宣判我无罪(1953年10月10日)

卡斯特罗

事件背景

卡斯特罗(1926—),古巴共产党中央第一书记,古巴国务委员会主席,部长会议主席。1953年7月26日,他率领小股青年武装在奥连特省圣地亚哥攻打蒙卡达兵营,遇挫后被捕入狱。1955年获释。1959年1月1日,以卡斯特罗为首的革命组织终于推翻了美国政府支持的独裁统治,建立了古巴革命统一组织(即今天的古巴共产党),任第一书记至今。

本文是他在被捕后在法庭上的演说词。

诸位法官先生:

从来没有过任何一个辩护律师得在这样困难的条件下进行工作;也从来没有过任何一个被告遭到过这么多的严重的非法待遇。在本案中,辩护律师和被告是同一个人。我作为辩护律师,连看一下起诉书也没有可能;作为被告,我被关闭在完全与外界隔绝的单人牢房已经有76天,这是违反一切人道和法律的规定的。

讲话人绝对厌恶幼稚的自负,没有心情、而且生性也不善于夸夸其谈和做什么耸人听闻的事情。我不得不在这个法庭上自己担任自己的辩护人,是由于两个原因:第一,因为实际上完全剥夺了我的受辩护权;第二,是因为只有感受至深的人,眼见祖国受到那样深重的灾难、正义遭到践踏的人,才能在这样的场合呕心沥血讲出凝结着真理的话来。

并非没有慷慨的朋友愿意为我作辩护。哈瓦那律师公会为我指定了一位有才干有勇气的律师:豪尔赫·帕格列里博士。他是本城律师公会的主席。但是他却不能执行他的使命。他每次想来探望我,都被拒于监狱门外。只是经过一个半月之后，由于法庭的干预，才允许他当着军事情报局的一个军曹的面会见我十分钟。按常理说，一个律师是应该和他的当事人单独交谈的，这是在世界任何地方都受到尊重的权利，只有这里是例外，在这里一个当了战俘的古巴人落到了铁石心肠的专制当局手中，他们是不讲什么法理人情的。帕格列里博士和我都不能容忍对于我们在出庭时用的辩护策略进行这种卑污的刺探。难道他们想预先知道我们用什么方法粉碎他们就蒙卡达兵营事件挖空心思地捏造的无稽谎言，用什么方法揭露他们所竭力掩盖的可怕的真相吗？于是，当时我们就决定由我运用我的律师资格，自作辩护。

军事情报局的军曹听到了这个决定，报告了他的上级，这引起了异常的恐惧，就好像是哪个调皮捣蛋的妖怪捉弄他们，使他们感到他们的一切计划都要破产了。诸位法官先生，他们为了把被告自我辩护这样一个古巴有着悠久传统的神圣权利也给我剥夺掉，而施加了多少压力，你们是最清楚不过了。法庭不能向这种企图让步，因为这等于陷被告于毫无保障的境地。被告现在行使这项权利，该说的就说，决不因任何理由而有所保留。我认为首先有必要说明对我实行野蛮的隔离的理由是什么，不让我讲话的意图是什么？为什么，如法庭所知，要阴谋杀害我；有哪些严重的事件他们不想让人民知道；在本案中发生的一切奇奇怪怪的事情其奥妙何在。这就是我准备清楚地表白的一切。

我认为我已充分地论证了我的观点：我的理由要比检察官先生用来要求判我 26 年徒刑的理由要多。所有这些理由都有助于为人民的自由和幸福而斗争的人们，没有一个理由是有利于无情地压迫、践踏和掠夺人民的人。因此我不得不讲出许多理由，而他一个也讲不出。巴蒂斯塔是违反人民的意志、用叛变和暴力破坏了共和国的法律而上台的，怎样能使他的当权合法化呢？怎样能把一个压迫人民的和沾满血迹和耻辱的政权叫做合法的呢？怎样能把一个充斥着社会上最守旧的人、最落后的思想和最落后的官僚制度的政府叫做革命的呢？又怎样能认为，肩负着保卫我国宪法的使命的法院最大的不忠诚的行为，在法律上是有效的呢？凭什么权利把为了祖国的荣誉而贡献出自己的鲜血和生命的公民送进监狱呢？这在全国人民看来，是骇人听闻的事；照真正的正义原则说来，都是骇人听闻的事。

但是我们还有一个理由比其他一切理由都更为有力：我们是古巴人，作为古巴人就有一个义务，不履行这个义务就是犯罪，就是背叛。我们为祖国的历史而骄傲；我们在小学校里就学习了祖国历史，在我们成长的过程中，不断听人们谈论着自由、正义和权利。人们教导我们从小敬仰我们的英雄和烈士的光荣榜样。塞斯佩德斯、阿格拉蒙特、马塞奥、戈麦斯和马蒂都是我们自幼就熟悉的名字。我们敬聆过泰坦的话：自由不能祈求，只能靠利剑来争取。我们知道，我们的先驱者为了教育自由祖国的公民，在他的《黄金书》中说："凡是甘心服从不正确的并允许什么人践踏他的祖国的，凡是这样辜负祖国的，都不是正直的人……在世界上必然有一定数量荣誉，正像必然有一定数量的光明一样。只要有小人，就一定有另外一些肩负众人的荣誉的君子。就是这些人奋起用暴力反对那些夺取人民的自由、也就是夺取人们的荣誉的人。这些人代表成千上万的人，代表全民族，代表人类的尊严。"……人们教导我们，10月10日和2月24日是光荣的、举国欢腾的日子，因为这是古巴人奋起打碎臭名昭著的暴政的桎梏的日子；人们教导我们热爱和保护美丽的独星旗并且每天晚上唱国歌，这个曲子告诉我们，生活在枷锁下等于在羞辱中生活，为祖国而死就是永生。我们学会了这一切并且永不会忘记，尽管今天，在我们祖国的人们，由于要实践从摇篮中起就教导给他们的思想而遭到杀戮和监禁。我们出生在我们的先辈传给我们的自由国家。我们不会同意做任何人的奴隶，除非我们的国土沉入海底。在我们的先驱者百年诞辰的今年对他的崇敬好像要消逝了，对他的怀念好像要永远磨灭了，多么可耻！但是他还活着，没有死去，他的人民是富于反抗精神的，他的人民是高尚的，他的人民忠于对他的怀念！有些古巴人为保卫他的主张倒下去了，有些青年为了让他继续活在祖国的心中，甘心情愿地死在他的墓旁，贡献出他们的鲜血和生命。古巴啊！假使你背叛了你的先驱者，你会落得什么样的下场啊！

　　我要结束我的辩护词了，但是我不像一般的律师通常所作的那样，要求给被告以自由；当我的同伴们已经在松树岛遭受可恶的监禁时，我不能要求自由。你们让我去和他们一起共命运吧！在一个罪犯和强盗当总统的共和国里，正直的人被杀害和坐牢是可以理解的。

　　我衷心感谢诸位法官先生允许我自由讲话而不曾卑鄙地打断我。我对你们不怀仇怨，我承认在某些方面你们是人道的，我也知道本法庭庭长是个一生清白的人，他可能迫于现状不能不作出不公正的判决，但他对这种现状的厌恶是不能掩饰的。法庭还有一个更严重的问题有待处理，这就是谋害70个人的案子——我们所知道的最大的屠杀案。凶手到现在还手执武器逍遥法外，这是对公民们的生命的经常威胁。如果由于怯懦，由于受到阻碍而不对他们施以法律制裁，同时法官们也不全体辞职，我为你们的荣誉感到惋惜，也为玷污司法制度的空前的污点感到痛心。

至于我自己，我知道我在狱中将同任何人一样备受折磨，狱中的生活充满着卑怯的威胁和残暴的拷打，但是我不怕，就像我不怕夺去了我70个兄弟的生命的可鄙的暴君的狂怒一样。

判决我吧！没有关系。历史将宣判我无罪。

原子时代的发展及其本质（1955年3月18日）

玻　恩

事件背景

玻恩生于1882年，卒于1970年。德国物理学家，量子力学的奠基人之一。荣获1954年诺贝尔物理学奖。

这是玻恩在他荣获诺贝尔物理学奖之后，在德国尼特萨逊肯修道院新神学院对新闻记者所作的演讲。

本人应邀来讲讲原子时代、它的发展和本质。我不想有意把这个题目扩大，详细去谈物理上的发展和它们在技术目的和军事目的上的应用，我宁愿谈谈我对这些发现的历史根源以及它们对人类命运的影响的看法。

这几年发生了一些改变我们生活的新事情。这个新特征含有光辉的希望，同时也含有可怕的威胁。毁灭的威胁特别表现在令人难忘的广岛和长崎事例中，这两件事足以使人信服了。但是我愿一开始就指出，投在那里的原子弹跟以后发展的热核武器比较起来，只不过是玩具而已。这并非一个简单的破坏力相乘的问题：使一定数量的不幸的人遭到毁灭，而更多的比较幸运的人幸免于难。这是根本一网打尽性质的变化。今天，美国和苏联所存储的原子弹、氢弹和铀弹，可能足够互相毁灭各自所有的较大城市，大概还要加上其余的所有的文化中心，因为几乎所有的国家都或多或少和这两个大国之一有关系。但是更坏的东西还在准备着，也许已经可以应用了：例如能在大面积地区产生辐射尘而杀伤一切生物的钴弹。特别罪恶的是：放射性辐射对后代有贻害，可能引起人类退化的变化。我们正站在人类在过去的世纪里从未到过的十字街头上。

然而，这个生死存亡关头只是我们智力发展阶段的一个征兆。我们要问：把人类卷入这进退维谷境地的更深刻的原因是什么呢？

基本的事实是这样一个科学发现：造成我们人和我们周围环境的物质不是牢固不可破坏的，而是不稳定的，爆炸性的。正确地说，我们大家都是坐在火药桶上。诚然，这火药桶有着相当坚固的壁，我们需要几千年的时间才能在它上面钻一个洞。今天我们刚刚度过了这段时间，但在任何时候，只要我们划一根火柴就可能把我们自己炸到天空中去。

收获到希腊原子论者播种果实的，是我们这一代。物理学研究的最后结果就是证实了他们的基本概念，即物质世界本质上是由相同的基本粒子组成的，这些粒子的位移和相互作用产生各种现象。但是这个简单的描绘当然只是实验结果的粗略缩影，由于补充了许多特点，它最终是非常复杂的。

在整个元素序列中，大约到铁的位置以后，每个原子核都有分裂的趋势，只是由于闸门阻止着才未分裂。在自然界发现的最后的一个元素铀，有最弱的闸门。1936年由哈恩和他的同事斯特拉斯曼在实验中第一次打破的，就是这个元素。从这些精细的实验室里的实验到1942年费米在芝加哥建成第一座原子铀反应器，经过了很长的一段道路，要求大量的才能、勇气、技巧、组织和金钱。决定性的发现是由中子碰撞而裂变，同时放出几个中子，这个过程要能控制到一定数量的中子不致逸出，或者不致与杂质碰撞而消失，以便产生雪崩似的新的裂变，即产生独立自足的反应。开始时没有人能预言它的结果，但自然对它作了这样的安排，以致一旦手段齐备，人类就马上发现了它。它的利用是历史上的一件偶然事件，是世界大战的影响。1945年7月16日爆炸的原子弹，其制造的技术花了3年的光阴和近5亿美元。

相反的过程，即原子核熔合成更重的核（例如氢熔合成氦），是太阳和所有恒星的能源。在它们的中央部分，温度和压力都非常高，以致四个核子有可能按照一系列步骤通过连锁反应结合起来。现时地球上已成功地利用铀弹作为引火物质使四个核子结合起来，那就是我们现在已有的氢弹。这真是魔鬼似的发明，因为当时还不知道有什么方法可以减轻其爆炸威力。但是最近已经宣布有方法控制这种反应了。

一切物质都是不稳定的，这点不容再怀疑了。如果不是如此的话，星星就不会发亮，太阳也不会发热和发光，地球上就没有生命。稳定性和生命是不相容的。因此生命必须冒着危险，或者是幸福的结局，或者是坏的结局。今天的问题是如何才能把最大的危险引向幸福的结局。

现在我想谈谈，如果人们的作为理智些，那就能获得怎样的幸福。首先是能源的问题。

原子核物理学的另一种和平应用方式，是利用原子反应器的放射性副产品生产出来的很多元素的不稳定的放射性同位素。可以用于许多目的：在医药、技术、农业等方面作为辐射源，以代替贵重的镭，例如治疗癌，进行材料试验，通过演变创造植物的新品种等等。"示踪元素"的观念也许比这一切都更重要。把少量放射性同位素加到某种元素里，观测它们放出的辐射，其可能推知这种元素在化学反应中、甚至在生物机体内的作用。生物化学中已经日益增多地利用这些方法进行实验，这代表着我们在了解生命过程方面的一个新纪元。

所有这些，以及将来可能由此发展起来的事，都是伟大的事。联合国在日内瓦召开的国际会议的工作能带来丰富的成果。但我不禁要问，这样一个技术天堂能否与原子弹的罪恶相抗衡呢？

我们相信，大国之间的大战已经是不可能的了。或者最低限度在最近的将来不可能。因为我早就说过，这很可能会引起总的毁灭，不仅是交战国，而且还有中立国。战争已经成了疯狂的事。如果人类不能废止战争，人类这个动物学名词就不应当是源出于智慧，而应当源出于疯狂了。

爱因斯坦在临死前曾和伟大的哲学家罗素以及其他人发表了一个明朗的声明。在林多举行科学讨论会的 18 个诺贝尔奖金获得者，化学家和物理学家，一致通过了一个同样的宣言。让他们今天像些梦想家吧，但他们是未来世界的建设者。

但没有很多时间来等待他们的言辞生效了。一切都依赖于我们这一代人的才能，去重新调整我们对新事物的想法。如果不能这样做，地球上的文明生活的日子就要到达末日。

因为地球上充满了不可解决的矛盾：人们常听到许多责难原子物理学家的话：所有的灾难，不单是原子弹，还有那坏天气，都是这些脑力劳动者的过失。我曾力图说明人类智力的发展必有一天将打开和应用储存在原子核内的能。其所以发生得如此之快，如此完全，以致达到一种危急情况，则是由于一件悲剧性的历史偶然事件：铀分裂的发现正好是在希特勒当权的时候，而且正好就在他执政的德国，我目睹过这种使全世界为之震惊的恐怖。希特勒在开始时的成功，显得他好像有可能征服地球上的一切国家。从中欧走出的物理学家都知道，如果德国能成为第一个生产原子弹的国家，那将是不可救药的事。甚至终生是和平主义者的爱因斯坦也有这种忧虑，他曾被一些青年匈牙利物理学家劝说去警告罗斯福总统。战争后期对日本使用这种炸弹就是另外一回事了。我认为这是一桩野蛮行为，并且是愚蠢的行为。对此负责的不仅有政治家和军人，还有杜鲁门总统任命的在决策委员会里当顾问的一小部分科学家。

我们必须学会忍让，必须习惯于谅解和容忍，用助人的意愿来代替威胁和武力。否则文明人类就要接近末日。因为我相信罗素是对的，他不倦地重复说，我们只能在共处与毁灭中作抉择。让我引述他的话作为结束：

在那数不清的岁月里，日出日没，月圆月缺，星光照耀于夜间。但只是由于人类的来临，这些事物才得到了解释。在天文学的宏大世界里，在原子的微小世界里，人揭开了曾被认为是不可理解的秘密。在艺术、文学和宗教中，有些人表现出崇高的感情，使人类值得保存下去。难道这些都将毁于浅薄的恐怖，就因为能够想到人类的人太少，人们只是想到这群人或那群人？难道某一种族那么缺乏智慧，那么没有公正的爱，那么盲从，甚至看不到最简单的自卫的教训，以致为了最后证明他的愚蠢的聪明，就得毁灭我们的星球上的一切生命？因为这样不仅人类将会死亡，而且动物和植物也会死亡。我不能相信这会是结局。

如果我们大家都不相信这一点，从而行动起来，结局就不会是这样的了。

在历史岔路口上（1956年8月17日）

史蒂文森

事件背景

阿德莱·史蒂文森生于1900年，卒于1965年。美国政治家、外交家。任过州长，政绩显著。曾两次提名为总统候选人，均败于艾森豪威尔。后出任美国驻联合国首席代表。

本篇是1956年，史蒂文森被提名为总统候选人时发表的演讲。

我接受你们的提名和政纲。我向你们保证，我将竭心尽力，使你们今天的行动成为一个于我国、我党有利的行动。

四年前，我站在这同一个地方，向你们说了同样一些话。但是，四年前我们失败了。这一次，我们将赢！今晚我心潮澎湃，因为在这些忙忙碌碌的岁月中出现的纷繁场面、面孔和事件，充斥着我的脑海。我深深地、谦卑地感激今晚在座诸位及全国各地数月乃至数年支持我干这件大事的人。我尤其感激一位高贵的、主管着一笔巨大遗产的女士埃莉诺·罗斯福。她曾如此感人地提醒我们：这是1956年，不是1932年，甚至不是1952年；我们的问题及解决方式改变了；变化是生活的法则；政党如同个人，忽视变化是要担风险的。

我还要向一位杰出的美国人致敬，他不仅一直经受着意见不一的严峻考验，现在又如此仁慈地再次肯定了我们的共同事业。他就是哈里·杜鲁门总统。我很高兴又得到您的支持，先生！

我相信，国家和我一样感谢本次大会今天下午的行动。大会重申并再次肯定了我们对于自由的民主进程的信心。你们的选择方式，你们的选择眼光，提高了副总统职务的地位。基福弗参议员是一位伟大的民主党人，伟大的竞选者，我有理由比别人了解得更清楚。

如果我们当选，如果出于上帝的旨意，我不能干完我的四年任期，人民将会有一个他们能够信任的总统。他有尊严；他有信仰；他将博得美国人民和世界的尊敬。

　　也许这些是普普通通的美德，但有时普通美德值得一提。现在就是这样的时候。我感谢诸位为我挑选的竞选伙伴，一个正直、能干的美国人，埃斯蒂斯·基福弗。我可以补充一句，对于基福弗参议员和年轻的美国参议员约翰·肯尼迪之间的那场难分胜负的竞赛，我和你们一样兴奋。

　　四年前，当我在那个炽热的夜晚站在这儿，站在诸位面前时，我们正处在一个时代的末尾——一个不断前进的时代，一个空前的社会改革和光荣战胜萧条和暴政的时代。

　　那是一个民主的时代。

　　今晚，在经过一段原地踏步和漫无目标的时期之后，我们处在另外一个伟大、关键的时代的开端。我虔诚地相信，历史前进过程已把我们带到了一个崭新的美国，一个具有伟大理想和崇高目标的美国，我们的未来不能没有这些理想和目标。

　　我所指的是一个消除了贫困，国家的富裕会使每个家庭生活富裕的新美国。

　　我所指的是一个人人确有自由，不管他是什么种族、信仰和经济条件的新美国。

　　我所指的是一个永远向着人们可以通过相互残杀来解决分歧的古老观念进攻的新美国。

　　这些是我所信奉，并将以我全部才智为之工作的事业。

　　这些是我知道你们都信奉，并将尽你们的一切为之工作的事业。这些是我借以接受你们提名的条件。

　　我们的目标不是怯懦者的目标，不是满足现状，认为这个伟大国家可以一劳永逸或永远静止不动的向后看的人的目标。

　　我认为，你们拟定的政纲不单单是强者所强烈持有的各种信仰的统一，它是通往新美国的一个路标。它以对于公正的激情，对于我们的历史和特点的崇敬，对于美国未来的长远观点和对世界和平目标的清醒而炽热的献身精神，说明了我们时代的问题。

　　它也没有回避构成美国种族关系的各种当代问题，没有回避如此经常地困扰我们国民生活的各种问题。当然，在取消种族隔离问题上，民主党内存在着意见分歧。在唯一必须在北方和南方都能负责和有求必应的政党内，情

况只能如此。如果并非人人都十分满意我们在这个爆炸性问题上说过的话，那是因为我们采取了一个真正的全国性政党所唯一能采取的说话方式——让各种冲突观点达成谅解与和解。

作为总统，我的目标将是按照本党政纲继续为全体公民享有更充分的自由而努力。这既是本党的保证，也是美国原有的承诺。

我无意在政治上利用现任总统的疾患。他是否有能力亲自满足那项艰巨职务的要求，是他和美国人民之间的事。就我而言，这是问题的关键。我和大家一样深切希望总统安康。

但是，就我所关心的事情而言，如果艾森豪威尔总统的健康状况不成问题的话，那么白宫和政府的情况和行动就很成问题了。

主管艾森豪威尔政府的人显然相信，可以通过演出、标语口号和广告艺术摆布美国人的头脑。这种看法，我敢说，将会得到源源不断涌来的大量金钱的支持，以影响一次全美大选——这些钱是极端害怕变化的人和希望一切维持原状的人抛出的，遗憾的是，情况可能更严重。

那种认为可以像推销谷类早餐食品一样推销高级官职候选人的想法，可以像收集盒盖一样收集选票的想法，我认为，是对民主进程的最大侮辱。我们民主党人还须面对这样一个事实：以往没有一个政府像本届政府一样受到这么多新闻机构千篇一律而又缺乏热情的支持。但是，让我们问一问美国人民，总统的名望和极好的领导机会被用来实现共和国哪一个伟大目标？艾森豪威尔政府是否利用这个机会来提高我们？启蒙我们？激励我们？

在急速发展的世界范围的革命性变革时代，它是否使我们对严酷的决定和巨大的风险有所准备？简而言之，它是否使男男女女高瞻远瞩？没有这种高瞻远瞩，民族和国家就会消亡。

它是否只不过再次向我们保证：一切都好，事事顺利，人人富裕平安，没有什么重大决定需要作出，甚至连合众国总统职务不知怎么也变得容易了。

我不得不承认，共和党政府创造了一个小小的奇迹：他们喋喋不休地指责新政达20年之久，却不仅没有废除新政，反而接受了新政，或者说接受了新政的大部分成果，而且看来他们至少能够将新政保留到本次大选之后。我提议，我们应该感谢他们最终还是采纳了新政。但是，他们又做了些什么来利用新政以来30年间的大好机会呢？

我认为，当我们的社会增长和经济增长搁浅，并危及我们在世界上的领导地位和安全时，他们却让我们沉浸在沾沾自喜、盲目乐观之中。

我认为，他们尽管有领导国内外的绝好机会，却白白浪费了机会，失去了我们的世界。

我认为，这个国家需要的不是宣传和个人崇拜。这个国家需要的是领导和真相，而这正是我们打算为它提供的。

什么是真相？

真相是，共和党是一幢四分五裂的房子。艾森豪威尔总统作为候选人遭到觊觎了，作为领袖却又遭到了忽视，这很有讽刺意味。

真相是，他所声称的属于他的那些成就却主要归功于国会中的民主党人。

真相是，并非人人富有。真相是，农民，尤其是举足轻重的个体农场主，并没有得到他们在国民收入中应得的一份，而共和党无所举措以帮助他们直到选举年。

真相是，3000万美国人的家庭今天正努力以不足2000美元的收入维持生计。真相是，小农、小商、教师、白领工人和正努力用昨日退休金支付今日物价的公民——所有这些人都陷入了严重的困境。

真相是，在这个由大人物，由腰缠万贯的大人物组成的政府中，无人为小人物说话。

真相是，我们正在丧失军事上的优势、经济上的主动权和道德上的领导地位。

真相不是我们将打赢这场冷战。真相是，我们正在输掉冷战。

请别误解我。就我个人而言，我准备承认共和党总统，真诚希望人人和平幸福。但是，光有良好的意愿并不够。

国家正陷于僵局——陷在路中央，世界正从它身边疾驶而过。美国曾使人类到达过经济繁荣的巅峰状态，它曾在战争与和平中拯救了自由，挽救了集体安全，可它如今不再焕发出光和热。不再提出新的思想与倡议。我们的光暗淡了。

用卡莱尔的话说，当"死亡虎视眈眈"之时，我们却在自鸣得意地聊这道那。我还可以补充一句：机会，被忽视的机会，也在对我们怒目而视！

可是，你们不能用武器迎接未来，你们不能以裹足不前来主宰奔跑着的世界。我认为，站起身重新行动的时候到了。美国恢复本来面貌的时候到了。

这就是本次大选的全部意义。

在国内，我们能够弥补失去的机会；我们能够弥补浪费的岁月；我们能够跨过新美国的门槛。

我们需要的是领导地位的复兴——那种使人们得以高瞻远瞩的领导地位，否则，民族和国家将会灭亡。伍德罗·威尔逊说："当美国失去其对于人类的热情时，选举一位民主党总统的时候就到了。"美国现在似乎对任何事都没有多大热情，因此，选举一个民主党政府和民主党国会，对，在全国每一个州和地方机构中选举一个民主党政府的时候到了。

我们心中知道，新美国的地平线无穷无尽，新美国的前景美好灿烂，令人惊愕，如同人类知识的奇迹之门尚未打开。美国将随着人类智慧的每一突破而使自己获得新生。

我们生活在这样一个时代，自动化正在迎接第二次产业革命的到来：原子力量即将为更大规模的生产所利用。

我们生活在这样一个时代，甚至连古老的饥饿幽灵也在消失，这是富足的时代。人们对于日常食物和衣着居所的深重忧患正在消除。历史上从未有这样一个机会来表明我们能够有所作为，以改善生活质量。

有了领导，民主党的领导，我们就能公正对待孩子，我们就能弥合因时间和疏忽而在我们的学校造成的创伤。我们能够，我们一定会做到这一点！

有了领导，民主党的领导，我们就能恢复美国个体农场的活力。我们就能维护小商业的地位而不损害大商业。我们就能加强劳工工会和集体谈判，使之成为自由经济中的一项重要制度。我们能够，我们党的历史证明我们一定会做到这一点！

有了领导，民主党的领导，我们就能保护我们的土地、森林和水资源，就能为全体人民的利益开发这些资源。我们能够记录表明我们一定会做到这一点！

有了领导，民主党的领导，我们就能重新燃起权利法案中体现的自由精神，我们就能建立这样一个新美国，在那儿，机会的大门一视同仁地向所有人打开，是的，我们的工厂大门，教室大门。我们就能使这个国家成为这样一个国家，在那儿，机会只建立在责任和信仰自由的基础上；在那儿，什么也不能抑制自由思想的那种独立的对抗精神。我们能够，根据我党的传统，我们一定会做到这一点！所有这一切，我们都能做到，我们一定会做到。但是在国际领域，只有一部分时机会属于我们自己。在这里，"不容后悔的瞬间"一旦失去，就可能永远失去。其他势力的潜力逐年增加，同我们争夺着时代的方向。在恐怖的氢弹世纪，这里比别的地方更需要指导和启迪。这里比别的地方更要求我们行动，迅速行动，愈合过去四年的创伤，恢复美国在国外的声誉和影响。

我们必须满怀信心，迅速行动。我们必须加强盟国的政治组织和经济组织。我们必须拟定新的计划来对付正在席卷世界的社会大革命的挑战，并把强大的变革力量转向自由的一方。我们必须把美国置于它在世人眼中应处的位置——争取和平斗争的前列。因为，在这个原子时代，和平不再是梦幻中的理想，它业已成为绝对、迫切、实际的必然。

人类反对战争的长期斗争必须取得胜利。现在就该获胜。

是的，我说人类能够获胜。

再听一听我们的心声，再说一说我们的理想，恢复我们伟大祖国本来面目的时候到了。

今日世界有一种精神上的饥馑，光用物质无法使它满足。我们的祖先来到这儿礼拜上帝，我们决不能把我们的志向降低为仅仅追求重大的物质成就。

在一个半世纪中，民主党已成为一个尊重人民，崇敬生活，寄希望于每一个儿童的未来的政党，它相信："最高启示是上帝在每一个人心中。"

我们曾经并不因为是理想主义者而在这个国家感到羞愧。我们曾经自豪地承认，美国人是希望和平、相信未来会更美好、热爱自己同胞的人。我们必须重申这些伟大的基督教思想和人道思想。我们必须敢于重申，美国的事业就是全人类的事业。如果我们要使正直的公民与我们同心同德，我们就必须重新把他们团结起来，去实现他们坚信不疑的理想，并且为这些理想献出我们所谈论的勇气。

今晚，我们就站在这样一个伟大的历史岔路口上，愿我们永远不沉默，愿我们永远不失去对于自由和人类更美好的命运的信仰。

人工选择和自然选择（1858年7月1日）

达尔文

事件背景

查尔斯·罗伯特·达尔文生于1809年，卒于1882年。英国博物学家、生物学家、进化论的奠基人。

这篇演讲选自达尔文在林耐学术会上宣读的论文。

第一，人工选择原理，就是挑选具有品质的个体，从其中进行繁育，然后再挑选，它所起的作用是令人惊异的。甚至繁育学家们对他们自己所得到的结果也感到惊奇。他们能够影响没有受过训练的眼睛看不出来的那些差异……我相信有意识的和偶然的选择是形成各种家族的主要动力。

第二，……在自然界中，我们有某些轻微的变异，偶然地出现在一切部分；我想可以指明生存条件的变化是子代不完全类似于它亲代的主要原因。

第三，我想可以证明，确有一种准确无误的力量在起着作用，这就是"自然选择"……试想每种生物（甚至是象）用这样的速率在繁殖着，在几年之内，最多在几个世纪或者几千年之内，地球的表面将不能容纳任何一个物种后裔。我发现很难经常记住：每个单一物种的增加是在它生命的某一段中，或者在某一短暂的后代中受到抑制。每年降生下来的只有少数能够生存并繁殖它们的种类。微小的差异常常决定着何者生存、何者灭亡！

第四，……生物必须同其他生物进行斗争来获取食物，在一生各个不同的时期里必须躲避危险，必须散布它们的卵或种子等等。鉴于这些无穷无尽的各式各样的情形，我不能怀疑在几百万代中一个物种的一些个体生来就会带着有利于它自己的某一部分的轻微差异；这等个体将有更好的生存机会，增殖这些变异，这种变异又会因为自然选择的累积作用而缓慢地增加。这样形成了的变种或是同它的亲代共存，或是消灭它的亲代，后一种情形更是常见。像啄木鸟寄生那样的一种生物可能这样变得适应了许多偶然的情况。自然选择在生物一生的任何时期里积累了它的构造的一切部分的、在任何方面对他有用处的轻微变异。

捍卫自由的庆典(1961年1月20日)

肯尼迪

事件背景

约翰·肯尼迪(1917-1963),美国第35任总统。当选总统时43岁,是美国历史上最年轻的总统,1963年遇刺身亡。

本篇是肯尼迪的总统就职演说。

副总统约翰逊先生,议长先生,首席法官先生,艾森豪威尔总统,尼克松副总统,杜鲁门总统,牧师,同胞们:

我们今天庆祝的不是一个党的胜利,而是一次自由的庆典,它标志着旧的结束和新的开始,标志着更新和变革。因为我已在你们和上帝的面前作了和175年前的先辈同样的宣誓。

当今世界是大不一样了,因为人类手中掌握着的力量能消除各种形式的贫穷和摧毁各种形式的生活。然而我们的先辈们为之奋斗的革命信念在这个星球上仍然是一个问题即人权不是来自政府的慷慨恩赐,而是来自上帝之手。

我们不敢忘记我们是第一次革命的后代。让这段话从此时此地传往朋友和敌人:火炬已经传到美国新的一代,出生于这个世纪,经历过战争的考验,严守经过艰难困苦得到的和平,为我们先辈的传统而骄傲,不希望见到或允许侵犯我国一直为之奋斗的人权事业,我们仍然在国际国内为这个事业而奋斗。

让每个国家都了解,无论它对我们怀有善意或恶意,我将付出任何代价,承担任何重担,经历任何困苦,支持任何朋友,反对任何敌人来保证自由的存在和成功。

这是我们保证的,但还不仅于此。

对于那些和我们有着共同文化和精神的老盟友,我们誓为忠诚可靠的朋友。团结起来,我们精诚合作将无所不能,分裂开来,我们一无所成,因为在分裂状态下我们将不敢面对强有力的挑战。

　　对那些我们欢迎加入自由世界的国家，我们的主张是，一种形式的殖民统治的消除不能仅是由另一种铁的独裁所代替。我们并不希望他们总是支持我们的观点，但我们总是希望他们强有力地维护他们自身的自由并牢记，过去那些骑在虎背上愚蠢的寻求权力的人都是以葬身虎腹而告终。

　　对世界二分之一以上居住在茅屋和村落中为挣脱苦难枷锁而奋斗的人们，我们保证将尽我们最大努力帮助他们自助，不管花费多长时间，并不是因为共产主义者可能这样做，也不是因为我们寻求他们的选票，而是因为这是正义的事业。如果一个自由的社会不能帮助大多数的穷人，那么它也不能保护少部分富人。

　　对我们南疆外的姐妹共和国，我们提出一项特别的保证——把我们良好行动——在前进道路上结成新的联盟——支持自由的人们和自由政府摆脱贫困的锁链。但是这种和平革命的希望不能成为敌对强权的牺牲品。让我们的邻居都知道我们应该联合起来反对在美洲任何地方的侵略和颠覆。让其他每个政权都知道这个半球希望在自己家里保持主人地位。

　　对那个世界主权国家的联合体——联合国，在战争机器远远超过和平机器之际，我们对它寄予最后的美好希望，我们重申支持的保证，防止它成为一个仅是抨击的讲坛，加强它对新生和弱小事物的保护，扩大它决议实施的范围。

　　最后，对那些与我们为敌的国家，我们不是提出保证，而是提出要求：在以科学释放毁灭性的力量，有计划地或偶然地吞食整个人类之前，双方重新开始寻求和平。

　　我们不敢对他们表现出软弱来引诱他们，因为只有当我们的武器充足到毫无疑问时，我们才能毫无疑问地确信不使用武器。

　　但是，两个强大国家集团的双方都不能从现在的状况中得到好处，双方都不堪现代化武器费用的重负，双方都为致命的核武器的持续发展而惊恐，然而双方都在竞争以改变人类最后战争的威胁力量的不稳定的平衡。因此，让我们重新开始吧！双方共同铭记谦恭不是软弱的表现，忠诚必须经过证明。让我们不要因为害怕而谈判，但是我们决不要害怕谈判。

　　让我们双方致力于双方团结的问题，而不要纠缠于双方分歧的问题。

　　让我们双方第一次制定严肃精确的监视和控制武器的建议，把摧毁其他国家的绝对力量置于所有国家的绝对控制之下。

　　让双方寻求科学的妙用而不是科学的恐怖。让我们一起探索星球，征服沙漠，消除疾病，开发海洋和鼓励艺术和商业。

让双方在世界每个角落都遵循赛亚的话："解除那沉重的压迫……和让被压迫人得到自由。"

如果合作的开端可以拨开重重疑虑，让双方联合起来致力一个新的法治世界，在这个世界中强者正义，弱者安全，和平长久。

所有这一切不可能在三百天内完成，也不可能在一千天内完成，也不可能在本届政府任期内完成，甚至不可能在我们的有生之年完成。但是，让我们开始吧。

同胞们，我们的事业的最后成功或失败是掌握在你们手中甚至掌握在我的手中。自从我国建立以来，每一代的美国人都被召唤起来为祖国效忠。那些响应召唤的年轻的美国人的坟墓已遍布全球。

现在，召唤我们的号角又吹响了，不是号召我们拿起武器，虽然我们需要武器，不是号召我们进行战争，虽然我们已做好战斗准备，而是号召我们担负起漫长的黎明前的斗争的重负，年复一年。"从希望中得到欢乐，从苦难中磨炼坚韧"，这是一场反对人类共同的敌人：专制、贫穷、疾病和战争本身的战斗。

我们能否为与这些敌人斗争而组成一个从北到南，从东到西的全球性大联盟，以便使人类的生活过得更有意义？你是否愿意加入这个历史性的努力？

在世界漫长的历史中，只有少数几代人被授予在自由遭到严重危险时捍卫自由的任务。我不会从这责任面前退却，我欢迎它。我不相信我们中的任何人愿意与其他任何民族或其他任何年代的人调换位置。我们努力所付出的精力，忠诚和奉献将照亮我们的国家和为国效劳的人，这个火焰的光辉无疑将能照亮世界。

因此，我的美国同胞们，不要问你们的国家能为你做出什么，而要问你能为国家做点什么。

全世界的公民们，不要问美国能为你做什么，而要问我们一起能为人类的自由做什么。

最后，无论你是美国公民还是其他国家的公民，向我们提出高标准的精力和牺牲吧，就像我们要求你们的一样。以良心为我们的唯一报酬，以历史为我们行为的最终裁判。让我们向前领导我们所爱的国家，请求上帝的保佑和帮助。但是要知道在尘世间，上帝的工作必定是我们自己的工作。

责任——荣誉——国家（1962年5月2日）

麦克阿瑟

事件背景

1962年，即麦克阿瑟去世前两年，82岁高龄的他回到阔别多年的母校——西点军校，接受美国军事学院的最高荣誉奖——西尔韦纳斯·塞耶荣誉勋章，在授勋仪式上发表了这次最动人、也是最后的公开演讲。

今天早晨，我走出旅馆的时候，看门人问道："将军，您上哪儿去？"一听说我到西点时，他说："那是一个好地方，您从前去过吗？"

这样的荣誉是没有人不深受感动的，长期以来，我从事这个职业；我又如此热爱这个民族；我无法用语言来表达我的感情。然而，这种奖赏主要的并非郑重推崇个人，而是表现一个伟大的道德情操——捍卫这块可爱土地上的文化与老传统的那些人的行为与品质的准则。这就是这个大奖章的意义。从现在以及后代看来，这是美国军人的道德标准的一种表现。我一定要遵循这种方式，结合崇高的理想，唤起自豪感；也要保持谦虚。

责任——荣誉——国家。这些神圣的名词尊严地指出您应该成为怎样的人，可能成为怎样的人，一定要成为怎样的人。它们是您振奋精神的起点；当您似乎丧失勇气时由此鼓起勇气；似乎没有理由相信时重建信念；当信心快要失去的时候，由此产生希望。遗憾得很，我既没有雄辩的辞令，诗意的想象，也没有华丽的隐喻向你们说明它们的意义。怀疑者一定要说它们只不过是几个名词，一句口号，一个华丽的词句而已。每一个迂腐的学究，每一个蛊惑人心的政客，每一个玩世不恭的人，每一个伪君子，每一个专肇事端者，很遗憾，还有其他个性完全不同的人，一定企图贬低他们，甚至达到愚弄、嘲笑它们的程度。

但这些名词却能完成这些事。它能建立您的基本特性，它们塑造您将来成为国防卫士的角色；使你软弱时能够坚强起来，畏惧时有勇气面对自己。在真正挫败时要自尊，要不屈不挠；成功时要谦和，要身体力行不崇尚空谈，要面对重压以及困难和挑战的刺激；要学会巍然屹立于风浪之中，但是，对遇难者要寄予同情；要律人也律己；心灵要纯洁的，目标要崇高的；要学会笑，不要忘记怎么哭；要长驱直入未来，可不该忽略过去；要为人持重，但不可过于严肃；要谦逊。这样您就会记住真正伟大的纯朴，智慧的虚心，强大的温顺。它们赋予您意志的忍，想象的质量。感情的活力，从生命深处所焕发精神，以勇敢的优势克服胆怯，甘于冒险胜过贪图安逸。它们在你们心中创造奇境，永不熄灭的进取精神，以及生命的灵感与欢乐。它们以这种方式教导你们成为军官或绅士。

您所率领的是哪一类的士兵？他们可靠吗？勇敢吗？他们有能力赢得胜利吗？他们的故事您全都熟悉，那是美国士兵的故事。我对他们估价是多年前在战场上形成的，至今并没有改变。那时，我把他看作是世界上最崇高的人物！现在，仍然这样看待他，不仅是一个具有最优秀的军事品德，而且也是最纯洁的一个人。他们的名字与威望是每一个美国公民的骄傲。在年轻力壮时期，他们奉献出了一切与忠诚，他无需我与别人来颂扬，他们自己写下了自己的历史，用鲜血写在敌人的胸膛上。可是，当我想到他们在灾难中的坚忍，在战火里的勇气，成功的谦虚，我满怀的赞美之情是无法言状的。他们在历史上成为一位成功的爱国者的伟大典范；他们是后代的，作为对于子孙进行解放与自由主义的教导者；现在，他们把美德与成就献给我们。在20次会战中，在上百个战场上，在成千堆的营火中，我亲眼目睹不朽的坚忍不拔的精神，爱国的忘我精神以及不可战胜的决心，这些已把他们的形象铭刻在他的人民的心坎上。从天涯到海角，他们已深深饮干勇气之杯。

当我听到合唱队的这些歌曲，在记忆的眼光中，我看到第一次世界大战中蹒跚的行列，在透湿的背包的重负下，从大雨到黄昏、从细雨到黎明，疲惫不堪地在行军，沉重的脚踝深深踩在弹痕斑斑的泥泞路上，进行你死我活的斗争。他们嘴唇发青，浑身泥泞，在风雨中哆嗦着，从家里被赶到敌人面前，而且，许多人被赶到上帝的审判席上。我不了解他们出生的高贵，可我知道他们死得光荣，他们从不犹豫，毫不怨恨，满怀信念，嘴边唠叨着继续战斗直到胜利的希望而死。他们信奉——责任——荣誉——国家；当他们在开启光明与真理时，他们一直为此流血、挥汗、洒泪。

20年以后，在地球另一边，又是肮脏的散兵坑，泥泞的地下洞；那灼热

的阳光,倾盆的大雨,荒无人烟的丛林小道,与亲人长期分离的痛苦,热带疾病的猖獗蔓延,战后的恐怖阴森;他们坚定果敢的防御,他们迅速准确的攻击,他们不屈不挠的意志,他们全面决定性的胜利——永远通过他们最后的血泊中的攻击,庄严地跟随着您的责任——荣誉——国家。

这几个名词的准则贯穿着最高的道德准则,并将经受任何为提高人类文明而传播的伦理或哲学的检验。它所要求的是正确的事物,它所制止的是谬误的东西。在众人之上的战士,要履行宗教修炼的最伟大行为——牺牲。在战斗中,面对着危险与死亡,他显示出造物者按照自己意愿创造人类时所赋予的品质,只有神明的援助能支持他,任何肉体的勇敢与动物的本能都代替不了。无论战争如何恐怖,招之即来的战士准备为国捐躯是人类最崇高的进化。

现在,你们面临着一个新世界——一个变革中的世界。人造卫星和火箭进入太空,标志着人类漫长的历史开始了另一个时代——太空时代的篇章。自然科学家告诉我们,花费了50亿年造成的地球,在3万万年才出现的人类,再没有比现在发展更快、更伟大了。我们从现在起,不单要处理世界上的事物,同时要探索宇宙中无穷无尽尚未发现的秘密。我们正在迈向一个崭新的无边无际的界限。我们谈论着不可思议的话;控制宇宙的能源;呼风唤雨为我们工作;创造空前的合成物质,补充甚至代替古老的基本物质;净化海水供我们饮用;开发海底作为财富与粮食新基地;预防疾病;延长寿命几百岁;调节空气,使冷热、晴雨分布均衡;登月宇宙飞船;战争中的主要目标不仅限于敌人的军队,也包括其居民;团结起来的人类与某些星系行星的恶势力的最根本矛盾;使生命成为有史以来最扣人心弦的那些梦境与幻想。

在所有这些巨大变化与发展中,你们的任务就是坚定与神圣的——即赢得我们战争的胜利。你们是职业军人,这是个生死攸关的献身的职业。其余的一切公共目的、公共计划、公共需求、无论大小,都可以寻找其他的办法去完成;而你们就是训练好参加战斗的,你们的职业就是战斗——决心取胜。在战争中明确的认识就是为了胜利,胜利不是任何东西可以替代的。假如您失败了,国家就要遭到灭亡,唯一缠住您的公务职责就是责任——荣誉——国家。其他人将争论着国内外的、分散人们思想的争论结果,可是,您将安详、宁静地屹立在远处,作为国家的卫士,作为国际矛盾的怒潮中的救生员,作为战斗的竞技场上的格斗士。一个半世纪以来,你们曾经防御、守卫、保护着解放与自由、权利与正义的神圣传统。让老百姓的声音来辩论我们政府的功过，诸如我们的力量是否因长期的财政赤字而衰竭；是否因联邦的家长式统治力量过大，权力集团发展过于骄横自大，政治太腐败，罪犯过于猖獗，道德标准降得太低，捐税提得太高，极端分子的偏激而衰；我们个人的自由是否像应有的那样完全彻底。这些重大的国家问题无须你们的职业去分担或军事来解决。你们的路标——责任——荣誉——国家，这抵得上夜里十倍灯塔的亮度。

你们是联系我国防御系统全部机构的酵母。从你们的队伍中涌现那些战争警钟敲响时手操国家命运的伟大军官。从来也没有人打败过我们。假如您这样做，100万身穿橄榄色、棕卡其、蓝色和灰色制服的灵魂将从他们的白色十字架下站起来，以雷霆般的声音响起神奇的词句——责任——荣誉——国家。

我并不是说你们是好战之徒。相反，战士比任何人更祈求和平，因为他必须忍受战争最深刻的伤痛与疮疤。可是，在我们的耳边经常响起著名哲人柏拉图的不祥之话："只有死者看到战争的结束。"

我已老朽，黄昏将至，我肉体行将入土，声音与颜色也将随之消失，辉煌的往事，已在梦境中消逝。这些回忆是非常美好的，是以泪水湿润，以昨天的微笑抚慰的。我以渴望的耳朵聆听着微弱的起床号声的迷人旋律，远处咚咚作响的鼓声，在我的梦境里又听到噼啪的枪炮声，咯咯的步枪射击声，战场上忧伤的低语声。可是，在我记忆的黄昏，我又来到西点，那里始终在我的耳边回响着：责任——荣誉——国家。

今天我是最后一次检阅你们。但是，我希望你们知道，当我死去时，我最后内心深处一定是这个部队的——这个部队的——这个部队的。

我愿你们珍重，再见了！

我们在月球上散步了（1969年9月16日）

奥尔德林

事件背景

埃德温·奥尔德林美国宇航科学家。1966年11月11日参加"双子座"12号进行航天飞行，成功地完成太空行走的实验。

本篇演讲是埃德温·奥尔德林登月飞行归来后，在国会联席会议上发表的。

尊敬的女士们、先生们：

今天，我怀着身为美国人的高度自豪感和身为人类的谦恭心情，向你们说一句从前任何人都无权说的话："我们在月球上散步了。"但是，在静海基地留下的脚印，不仅是属于"阿波罗"11号的全体宇航员的，而是由全国数以万计的人所共同留下的，他们是政府、工业界和大学的人员，是这些年来在我们之前为"水星"号、"双子座"号和"阿波罗"号辛勤劳动的工作小组和全体宇航员。

那些脚印是美国人民和你们的，你们是美国人民的代表，你们接受并支持了那不可避免的登月计划的挑战。同时，既然我们是为全人类的和平而踏上月球，那些脚印也是属于全世界人民的。对于所有在悠悠转动的地球上仰望夜空的人，月亮都匀洒银光，决不厚此薄彼。因此，我们希望，太空探索的成果也将由大家平等分享，从而给整个人类带来和谐的影响。

科学考察意味着对求知世界的探索，人们根本无法预知全部结果。查尔斯·林白说过："科研成果不是最终目的，而是一条通向奥秘而又消失在奥秘中的道路。"

当我们向全世界敞开门窗，让外界了解我们的成就和失败时，当我们同世界各国分享我们的发现时，我们在太空方面取得的成就，已成为我国生活方式的象征。"土星"号运载火箭、宇宙飞船的"哥伦比亚"与"鹰"等机舱，以及座舱外活动装置都已向尼尔、迈克和我证实：我国能够生产质量最高和最可靠的设备。这给予我们所有人以希望和鼓舞，以便解决地球上某些更为困难的问题。"阿波罗"号所给予我们的启示是，只要有足够坚强的意志去干，国家的目标是能够实现的。

踏上月球的第一步，也是踏上太阳系各行星和最终走向太空其他星球的一步，"对一个人来说是一小步"，这句话阐述的是事实；而"对人类来说是一次巨大的跃进"，则是对未来的希望。

我们国家在"阿波罗"计划上的做法，可以运用来解决国内问题，我们在未来太空探测计划中所做的工作，将决定我们的跃进究竟有多大。谢谢大家。

分歧阻碍不了和平相处（1972年2月）

尼克松

事件背景

这篇演讲是1972年2月尼克松在我国答谢宴会上的祝酒词。

总理先生，中华人民共和国和美利坚合众国的我们十分尊贵的客人们：

我们能有机会在贵国做客期间欢迎你和今晚在座的诸位中国客人，感到十分荣幸。

我要代表我的夫人和同行的全体正式成员，对你们给予我们的无限盛情的款待，表示深切的感谢。

大家知道，按照我国的习惯，我们的新闻界人士有权代表他们自己讲话，而政府中的人谁也不能代表他们讲话。但是我相信，今晚在座的全体美国新闻界人士都会授予我这一少有的特权来代表他们感谢你和贵国政府给予他们的种种礼遇。

你们已使全世界空前之多的人们得以读到、看到、听到这一历史性访问的情景。

昨天，我们同几亿电视观众一起，看到了名副其实的世界奇迹之一——中国的长城。当我在城墙上漫步时，我想到为了建筑这座城墙而付出的牺牲；我想到它所显示的在悠久的历史上始终保持独立的中国人民的决心；我想到这样一个事实，就是，长城告诉我们，中国有伟大的历史，建造这个世界奇迹的人民也有伟大的未来。

长城已不再是一道把中国和世界其他地区隔开的城墙。但是，它使人们想起，世界上仍然存在着许多把各个国家和人民隔开的城墙。

长城还使人们想起，在几乎一代的岁月里，中华人民共和国和美国之间存在着一道城墙。

四天以来，我们已经开始了拆除我们之间这座城墙的长期过程。我们开始会谈时就承认我们之间有巨大的分歧，但是我们决心不让这些分歧阻碍我们和平相处。

你们深信你们的制度，我们同样深信我们的制度。我们在这里聚会，并不是由于我们有共同的信仰，而是由于我们有共同的利益和共同的希望。我们每一方都有这样的利益，就是维护我们的独立和我们人民的安全；我们每一方都有这样的希望，就是建立一种新的世界秩序。具有不同制度和不同价值标准的国家和人民可以在其中和平相处，互有分歧但互相尊重，让历史而不是让战场对他们的不同思想作出判断。

总理先生，你已注意到送我们到这里来的飞机名为"七六年精神号"。就在这个星期，我们美国庆祝了我们的国父乔治·华盛顿的生日，是他领导美国在我们的革命中取得了独立，并担任了我们的第一届总统。

在他任期届满时，他用下面的话向他的同胞告别："对一切国家恪守信用和正义。同所有的人和平与和睦相处。"

就是本着这种精神——七六年精神，我请大家站起来和我一起举杯，为毛主席，为周总理，为我们两国人民，为我们的孩子们的希望，即我们这一代能给他们留下和平与和睦的遗产，干杯！

寻求真正的和平 (1973年9月24日)

基辛格

事件背景

亨利·艾尔弗雷德·基辛格曾任美国国务卿，犹太人后裔。1969－1974年曾任尼克松总统的国家安全事务助理。

本文是基辛格在第25届联合国大会上所作的演说。

美国致力于实现世界共同体这个目标，并将通过联合国大会——这个全人类的议会——来使这个目标变为现实。它寻求真正的和平，并努力争取使世界成为法治的世界，使基本人权成为每个人与生俱来的权利。超越最近的双边外交和重实效的协议，美国设想一个全面的、制度化的、包括所有国家的和平前景，而联合国在培育这种思想并使之在人类的心中扎根方面处于无与伦比的地位。

　　曾经使联合国大会心力交瘁的很多危机已经过去了。柏林问题已达成协议，中东实现了停火，越南战争已经结束。支配过去四分之一世纪中那种僵硬的对抗和削弱联合国的行为现在已有所改变。美苏两国认识到在避免发生毁灭人类的大破坏和建立更广泛的建设性关系网络方面有着共同利益。限制战略核武器会谈在放慢军备竞赛的速度上达成了历史性的协议，美国希望继续进行的谈判将产生加强国际安全的作用。

　　美国和中华人民共和国之间20多年的相互疏远，现在已让位给建设性的对话和富有成效的交流。很多国家抓住了这一机会并为缓和紧张局势作出了贡献。欧洲和北美国家正在开会进一步加强安全与合作。印度、巴基斯坦和孟加拉开始了有希望导致他们之间的和平与安全的对话。冷战中的很多对抗已结束。可是，大会上互相猜疑的言词并未消失。在原来的两大集团之间的集团——不结盟国家正在结盟中。

　　美国永远也不会满足于建立一个靠不稳定的停战维持的世界，它努力争取实现的和平不是仅仅靠力量均势维持的和平，而是建立在共同抱负基础上的和平。一个无视人类价值的机构将被证明对大多数人类来说是无法接受的。正义不能被国界所限制；真理是属于全体人类而不是某个人、某些人或某种意识形态的私产。美国希望联合国大会进一步将大国之间的缓和推进到世界各国之间的合作。

　　美国并不想支配世界，但它也永远不会背弃其盟国或朋友。它将给西半球伙伴政策注入新的活力，并通过联合国和双边关系为实现和平而努力。它承认，作为安理会理事国，美国在为世界受纷争折磨地区（如中东）帮助寻找公正的解决方案方面有着特殊的责任。虽然直接当事方对问题的解决有着不可替代的责任。美国准备运用其影响倡导一种和解精神，敦促各方采取实际步骤使问题的解决能有所进展。

　　在稳定、增长、政治问题获得解决的情况下，生活质量的意义越来越大。我们的体制处置不了技术发展每天在产生的成果。政治想象力必须赶上科学的视野。这是联合国所面临的最大挑战，也是最好的机会。

　　国际社会要求制止冲突。在这一方面联合国并不总是袖手旁观的，在执行对中东、南亚次大陆和刚果的事实调查、调停和维持和平的任务中，它表现了它的能力和效果。在开展维持和平活动及安理会对维和机器的控制程度问题上已经进行了毫无结果的辩论。现在是就维持和平行动的指导方针达成协议的时候了,只有这样,在危机发生时联合国才能迅速、果敢、有效地行动。为了打破僵局,美国准备考虑安理会如何在维持和平活动中发挥更重要的作用的问题。

联合国应具有最广泛的代表性,南北朝鲜都应有合法的席位,这不影响他们将来的统一。美国支持日本成为安理会常任理事国。

国际社会要求人人有饭吃。世界食品供给的威胁日趋严重,值得大会立即注意这个问题。美国建议在联合国主持下于1974年召开世界粮食会议,讨论保持足够粮食供应的办法。大会应当为发展问题寻找一种新的有想象力的解决办法。

美国愿意认真考虑墨西哥提出的关于制定国家经济权利义务的宪章的建议。科学技术必须由全人类共享;必须找到通过合作审慎地发展能源资源的办法;必须负责任地面对人口增长的问题;必须发起一个提高农业劳动生产率的科学革命。联合国大会的会议记录可以充斥老掉牙的口号和刻毒的言语,但也可以用新的理想写成。像世界共同体理想这样具有伟大建设性意义的意见往往被人诋毁为不现实,但现实是从理想中诞生的。

美丽的微笑与爱(1979年)

特雷莎修女

事件背景

特雷莎修女生于1910年,卒于1997年。印度著名慈善家,被称为"贫民窟的圣人"。1979年获诺贝尔和平奖。

演说《美丽的微笑与爱》作于1979年。她说:"让我们经常以微笑相见,因为微笑是爱的开端。"

穷人是非常好的人。一天晚上,我们外出,在街上带回了四个人,其中一个岌岌可危——我告诉修女们说:你们照料其他三个,我照顾这个濒危的人。这样,我为她做了我的爱所能做的一切事情。我将她放在床上,她的脸上露出了如此美丽的微笑。她握住我的手，只是说"谢谢您"，随后就死了。

我情不自禁地在她的面前审视我的良心，我自问：如果我处在她的位置上，会说些什么呢？我的回答很简单。我会试图引起别人对我的一点关注，我会说：我饥寒交迫，奄奄一息，痛苦不堪等等。但是，她给我的要多得多——她将其感激之爱给了我。然后她死了，脸上还带着微笑。我们从阴沟里带回来的那个男人也是这样。他快要被虫子吃掉了，我们把他带回了家。"在街上我活得像动物，但我将像天使一样死去，因为我得到了爱和照料。"真是太好了，我看到了那个男人的伟大，他能说出那样的话，能够那样地死去：不责备任何人，不辱骂任何人，与世无争。像一位天使——这便是我们的人民的伟大之处。因此我们相信耶稣所说的话——我饥肠辘辘——我无衣蔽体——我无家可归——我不为人要，不为人爱，不为人管——而你却对我做了。

我认为，我们并不是真正的社会工作者。在人们的眼中，我们或许是在从事社会工作，但是，我们实际上是在世界的中心沉思冥想的人。因为我们一天24小时都在触摸基督的身体……我想，在我们的家庭里，我们不需要枪炮弹药来进行破坏或者带来和平——我们只需要团结起来，彼此相爱，将和平、喜悦和活力带回家庭。这样，我们将能够战胜世界上现存的一切邪恶。

我准备以获得的诺贝尔和平奖金，努力为很多无家可归的人建立家庭。因为我相信，爱开始于家庭。如果我们可以为穷人建立家庭，我想越来越多的爱将会传播开来，而且我们将能够通过这种体谅他人的爱而带来和平，给穷人带来福音，这些穷人首先是我们自己家里的穷人，其次是我们国家和世界上的穷人。为了做到这一点，我们的修女、我们的生命就必须同祷告紧密相连。他们必须同基督结合在一起，这样才能够相互谅解和共同分享。因为同基督结合在一起就意味着谅解与分享。因为在今天的世界上有如此之多的痛苦……当我从大街带回一个饥肠辘辘的人时，给他一盘米饭、一片面包，我就心满意足了，因为我已经驱除了那个人的饥饿。但是，如果一个人露宿街头，他感到不为人要，不为人爱，恐惧不安，被我们的社会所抛弃——这样的贫困如此充满伤害，如此令人无法忍受，我发现这是极其艰难的……因此，让我们经常以微笑相见，因为微笑是爱的开端。一旦我们开始彼此自然地相爱，我们就想做点事情了。

电脑对人类行为的影响（1982年12月7日）

亚历山大

事件背景

本杰明·亚历山大美国现代科学家。这篇演讲是本杰明·亚历山大在哥伦比亚大学所作的。

你们也许还记得几周前在《华盛顿邮报》上发表的一篇文章，它披露了一种新的不幸者的类型——电脑寡妇。电脑寡妇显然是这种既被誉为世界救星、又被贬为全球恶魔的神奇机器的最新受害者。

这篇文章描述了电脑迷们的生活，他们把每个晚上和周末都花在家用电脑上做游戏，发明游戏，编制程序，以及寻求其他新奇的玩法。文章继续报道了小型电脑已成为严重的家庭纠纷的祸根。电脑迷们不顾他们的妻子和儿女，抛弃了自己的家庭责任。文章指责家用电脑破坏了男人和妻子之间的正常关系，并且报道了好几个因为沉溺于电脑游戏而引起离婚的例子。

这一切促使哥伦比亚大学电脑科技系的一位成员指出："电脑已经改变了我们的交往、教育、娱乐的方式，现在它似乎又在影响我们的生育了。"

自从30年前诞生电脑以来，电脑时代始终向前发展，一直没有倒退过。电脑已经永久性地紧密结合在我们的个人生活结构和社会结构之中。它已经成为对社会具有重要意义的和在经济上必不可少的事物。除了逃避尘世、独居在某些山顶的隐士，没有一个美国人的生活未曾受到电脑的影响，电脑技术已成为我们生活中的一个公认的组成部分。我们中的大多数人都把电脑看作是理所当然、应该拥有的东西。

由于电子硅集成电路块的出现，几年前曾被认为是令人惊愕的技术进展变得黯然失色了。这种只有手指尖大小、却具有惊人的强大威力的集成电路块，其计算能力相当于25年前应用的一间房间大小的计算机的能力，硅集成电路块的出现意味着人类技术的一次量子飞跃。

电脑革命对人类行为的影响程度还刚刚开始可以估量。你怎么可能跟踪那种能在极其迅速的时间,用计算机的术语来说,是在 1 毫微秒内发生的因果关系呢?几乎每一项电脑技术的重大成就和新的应用都带来了正反两方面的结果。我们现在听到的无论是外行还是专家的意见,基本上都是建设性的。一方面是学龄儿童的家长抗议非常流行的电子游戏对自己孩子生活的影响。另一方面是一位马萨诸塞州理工学院的著名电脑科学家对人类越来越信赖电脑的情况深表忧虑。人们关注和担心的事情还有个人隐私的遭到侵犯、电脑犯罪等等。

  情况已变得日益严重,家长们不得不采取行动,寻求控制;地区的主管机关也通过法律限制电子游戏机房的营业时间;美国卫生局医务主任更是公开谴责这种对许多青少年充满诱惑力的电子游戏。

  几星期前,卫生局医务主任 C. 埃弗雷特·库普指出,电子游戏对少年儿童的心理健康可能是一种危险品。他说:"他们的身心深深陷入到电子游戏中去了……在这种游戏中没有什么积极的、建设性的东西。一切都是消灭、杀人、破坏,而且干得干净利落。"

  库普的意见在最近一期的《喷气》杂志上得到了反应。哈佛大学的著名精神病专家阿尔文·波圣博士指出,"我认为医务主任的忧虑很有道理,因为在我们的青少年中已经有这么多暴力事件,所以我们必须十分谨慎地对待我们的所作所为和我们所教给孩子的价值观。"波圣博士认为,他相信,"电子游戏在助长社会暴力问题方面有极大可能。"他指出,没有头脑的、但在智力上却是无可争议的电子游戏"正在教唆孩子们,暴力是某种可能接受的方式,是表达愤怒的一种合理的手段"。

  对于我们中的大多数人来说,那种认为电脑的差错会引发一场核战争的担心,事实上是一种杞人之忧。但我们不能光归罪机器,因为电脑只是一个听话的蠢货。它准确地执行主人告诉它的命令既不多,也不少。它完美地按照指令办事,但当指令不正确时,差错就会发生。如果输入一个错误的程序。一台军事电脑就会把导弹送往错误的方向,或者在错误的时刻发射出去。

  几年前,海军上将、后来的参谋长联席会议主席托马斯·穆勒在众议院的一个委员会上承认:"不幸的是,我们已经变成这些该死的电脑的奴隶了。"

  众所周知,我们每天都有可能发生电脑程序的差错或者某种故障的威胁,从而造成一系列无法挽救的毁灭性后果。有些已经得到五角大楼证实的报告记录了由于所谓的电脑差错,美国的导弹系统曾一度处于随时开火状态。

我们害怕那种由电脑起爆的核打击，但它正是我们享受电脑技术的好处所支付的代价的一部分。

即使我们能够一直侥幸地控制住我们的军用电脑，我们还有其他的控制问题吸引我们的注意力。

我们必须对一位电脑科学家所说的"全球个人档案的威胁"保持警惕。他指的是政府机构和私营团体共同拥有的记录我们的情况的情报。

关于我国现有的数据库有多少，我们没有精确的数字，但只要你想一下金融机构、医院、新旧雇主、国内税务局、社会生活保障署、联邦调查局、人口统计等各种与人民有关的联邦机构以及百货公司、信用机构、执法机构、法院等拥有的我们大家的情报规模就足够了。

这些情报多数是客观的、冷酷的、完整的、线性的数据。它们可能准确，也可能不准确。许多数据是个人无法看到的，而且在大多数情况下你无法对这些数据验证核实或者提出异议。

由于许多公司从事着多种经营，它们把被兼并的公司的人事情报看作是自己理所当然应该继承的财产。这种情报的集中化，无论在经济上还是政治上都会是一种有力的武器。

联邦法规保护个人隐私不受侵犯，但却始终存在着滥用个人情报的潜在威胁。正如我们在水门事件调查期间所揭发的那样，政府泄露或提供了许多个人档案，不恰当地查阅或利用了机密数据，甚至利用联邦纳税记录进行政治迫害和个人报复。还有一桩可能发生的最坏的事情，那就是政府将会掌握一个无比巨大的电脑联网系统。这种主张可能会在为了方便行事或提高效率或国家安全的名义下提出来。如果这个主张得到实施，我们将被一下子推到另一个陌生时代的开端。它将是我们所珍爱的个人隐私不受干涉的自由的结束。

雄踞电脑能力前沿的是所谓的"人工智能"的开发。这种极端复杂的科学力图使电脑脱离目前所处的只是根据指令行事的"机器傻瓜"的范畴。这一领域的科学家正在设计赋予电脑的类人智能和程序。它的前景是，人工智能可以成为一种不可思议的工具，能把人的智力进一步扩大到从未梦想过的程序。尽管人工智能仍处在襁褓阶段，但目前正在进行的研究已可以使机器人收信、倒垃圾、采煤，清除核反应堆的放射场。

这种新技术的阴暗面是，人们担心它会被人利用变成潜在的帮凶。例如，有人早就建议，可以把懂得语言的电脑设计成实际上能对每一个人的谈话进行监听的工具；也可把电脑侦视器设计成能向当局汇报后者感兴趣的事情的机器。

有些社会评论家担心，电脑的广泛应用最终将导致人类智力的衰退。有人则忧虑，电脑将使我们的生活统一化，我们将不得不与某些工艺和技巧告别。

然而，马丁·加德纳《数学狂欢》杂志的作者却宣称："我们不明白的是，如果电脑正在把人们解放出来，使他们能够从事更有兴趣的工作，那么为什么一定要坐下来用笔计算 7 的平方根呢？"

我个人并不同意上述观点，不过这种观点确有许多支持者。这些乐观主义者认为，这种拥有近乎无限能力和灵活性的新的精密技术将会扩大个人的自由。例如，人们可以在家中的终端而不是办公室进行工作；可以根据自己的学习进度自修各种科目；购物电子化；可以把纳税、投资、保险、汽车维修等个人必要的记录组合成整体。

如果电脑能够在个人身上产生好的结果，它也可以在个人身上产生坏的结果。毋须用枪对准银行出纳员的白领阶层的电脑犯罪率正在日益增长。执法机关不得不通过训练警察制止电子窃贼的培训计划来对付这一现象。

有些科学家则担心另一种犯罪活动。匹茨堡的卡内基—梅隆大学的 D.雷·里迪的忧虑是，如果大学拥有的尖端的微电脑掌握在坏人手中，他就可以指令其他电脑切断电话，停止银行服务和我们日常生活所依赖的其他系统的业务。这样一来，整个社会就被破坏了。

不过，我还是同意艾萨克·阿西莫夫的观点，他说："我们正在走向这样一个时期，在这个时期，我们必须解决的难题正在变得没有电脑就无法解决。我不担心电脑，我担心的是缺乏电脑。"

人类拥有一切力量和弱点，拥有一切只有人类才拥有的感情。我希望每一项新的惊人的技术突破都会遇到来自心理学家、社会学家、医学家和法律专家以及一切能够监督、评估新技术对人的影响的其他各种专业人士的怀疑主义的质难。

既然我们正在向着新的、前所未闻的领域前进，我们就需要小心谨慎地弄清这种运动对于我们生活的含义。我们需要在电脑能够提供的好处和什么是对人类最美好的事物之间权衡轻重，及时提醒。社会面临的真正挑战是：我们是否会让电脑诱惑我们去滥用、甚至践踏下列基本价值——诚实、自由、平等、相互信任、爱情、尊重法律和他人的权利以及其他兄弟人类的幸福；因为这些基本价值正是一个文明社会赖以生存的基础和希望。

胜利属于我们（1985年）

阿基诺

事件背景

科拉松·阿基诺（1933— ）菲律宾女总统。祖籍中国福建，留学美国，是菲律宾自由党主席阿基诺的夫人。1983年丈夫阿基诺遇害后，她投身于反马科斯独裁运动。后出任菲律宾总统，被国际舆论界称为"1986年风云人物"。

在大选投票前夕，科拉松·阿基诺以一个必胜者应有的信心发表了这篇演说。整个演说先破后立，逻辑严密，令对手不知所措。

今天，我们即将结束我们奋斗历程的第一阶段。这一历程始于1983年在马尼拉国际机场跑道上发生的那一幕卑鄙的暗杀事件。从那个黑暗时刻起，我们就看到了一个新菲律宾的黎明。人民现在可以说以前不敢说的话了……

我们，已经胜利了，因为我们赢得了人民。在这场争论中，我们是胜利者。所以，当那位老独裁者带着他那为寻求安慰而伪造的军功章和他那些日益没落的亲友一起躲藏在马拉卡南宫黑暗角落时，我警告他说：马科斯先生，不要在星期五这天欺骗人民了。20年后的今天，你最终发现自己必须尊重人民的判决。现在，已经有报道揭露说，你又要重施故伎，玩弄恫吓和欺骗并用的诡计。这一招儿在以往曾保护你在那奢侈的马拉卡南宫度过了漫长的岁月。但是，不要再来这一套了，马科斯先生！因为这一次你是不能干了坏事再逃脱的。

如果你企图再骗人，你将给自己和你的国家带来耻辱。这个国家现在已经看到自己生活水平的跌落。对此，除去你的那帮亲友，谁会认为现在的生活水平要比五年前更好？

我们的儿童食不果腹，面临饥饿的威胁；我们的国家赖以生存的基础已到了崩溃的边缘；我们的财富已被国家领导人占为已有并存放在美国银行他们的账户上,我们的军队士气低落,风气败坏;我们一度为之骄傲的国家已陷入一场内乱,而我们的民众却一直在一个暴虐政权的恐吓和威胁下生活。

现在,菲律宾人民已经觉醒,甚至可以说已完全清醒了。今天,要想成功地否定人民的胜利,那得有一个比现在疾病缠身的马科斯先生更为拼命、更加强壮的先生!

所有支持我的菲律宾选民们,现在我向你们呼吁:保护好你们的选票,胜利必定属于我们。可以肯定,我们将进行一次自由和公正的总统选举,而且一个崭新的菲律宾必将在全国和平与和解的气氛中诞生。

在我竞选的过程中,我已走遍我们国家的天涯海角,亲眼看到人民所蒙受的苦难和他们对未来寄予的希望。我知道现在自己必须做什么。我坚定地做好了一切准备,决心为我们可爱的全体人民创造一个自由、公正和福利一体的新菲律宾而进行长期不懈的斗争。

星期五,我们的国家将从20年苛政的灰烬中走出来,而且将有一个美好的开端,我将把你们的选票看作是对我的一种神圣不可侵犯的信任。你们已经给我以充分的信任,而我将努力证明你们这样做是值得的。

诺贝尔文学奖获奖演说(1983年)

威廉·戈尔丁

事件背景

威廉·戈尔丁英国小说家。1935年从牛津大学毕业后,当过演员和教师,二次大战时服役于皇家海军,战后重返教育界。大学期间即酷爱写作,1954年出版"现代经典之作"《蝇王》,一举成名,此后又相继发表10多部长篇小说。

1983年,戈尔丁由于"在小说中以清晰的现实主义叙述手法和变化多端具有普遍意义的话阐明了当代世界人类的境况",荣获诺贝尔文学奖。本文就是他的获奖演说。

那些对现在正在发言的人多少有所了解的人们,正如英国新闻界知名人士透露的,将要花半小时时间,屈尊地听一个索然无味的老生常谈。确实,

我给你们的第一印象将是一个白胡子的古怪老头,他也许会在光天化日之下,把大家引入昏暗、压抑的境地,这种昏暗是无可挽回的,月全食式的。然而,事实并非如此。我虽然是一个荣获诺贝尔文学奖桂冠的老头,因而即便是有点儿——让我轻声地说——轻浮,还请大家原谅。哦,希望大家不要误会,我身边没有伴舞女郎,我不打算为你们唱歌,也不想耍把戏、扮小丑——我怎么会想到耍把戏呢?真是怪事!一个被当作悲观厌世的人,怎会在耍把戏这类的轻浮举止中寻欢作乐呢?

你也能体会到,任何年龄的人在今天这样高层次知识界的聚会上发表讲话,都将是一件难事。想到这一点,就使人畏惧。再说,什么是我们这个时代的尊严呢?他们都说,没有比一个老傻瓜更傻的人了。

那么,也可以说没有比一个中年傻瓜更傻的人了。25 年前,我不假思索地接受了"悲观主义者"这个诨号,却没料到这个诨号会一辈子跟牢我。我就某些方面来看,可以举一个另一种艺术形式的例子,拉赫玛尼诺夫那段著名的《升 c 小调前奏曲》就始终伴随着他。观众每次非得让他演奏完这段曲子,否则也无论如何也不让他离开舞台。与此相类似,评论家们总是一头栽进我写的书本里,非找出些貌似悲观厌世的东西不可。我不知该作如何理解。我自己并没有感到痛苦绝望。事实上,我曾竭力改变自己表达个人感情的方法。可是由于某些评论家的质疑我只得把自己称作一个"世界上头号的"悲观厌世者,而不是一个宇宙的乐天派。我应该想到,任何拥有一定语言才能的人,都懂得我在使用"宇宙的"这个词的同时,更注重的是它的内在含义,而不是名称本身。尽管它的衍生词"普通的"也可以解释为同一意思,但我选择"宇宙的"则是更加含蓄。我所指的是,当我把世界视为一个由科学家们构筑起来的、受一套套规章制度操纵、不断地一成不变地重复的世界时,我就成了悲观主义者,臣服在万能的"熵"神脚下。而当我考虑到科学家们勇往直前的精神力量的作用时,我又成了个乐观主义者。当诸位因我的作品而将具有世界性声誉的诺贝尔文学奖授予我时,我不明白我为什么就不能也和大家纵情欢乐一番呢。20 年前我试图把我作品中的某个角色在精神上所感受到的两种不同概念作区别,结果是搞得一团糟。

下面我引用一段我本人的作品:

他在狱中。火车终日在铁轨上奔驰。日食和月食是可以预测的。青霉素治好了肺炎。原子在依次序裂变。年复一年,日复一日,明白无误地解释,驱散了神秘感，显示出一个实用的现实社会，易于理解，易于分割。手术刀和显微镜已失去了作用。示波器在不断准确地显示人的行动。

"然而那时，一天到晚行动总是处于平衡状态，既无幸运可言，也不会出现失误，不是善，就是恶。根据这个模式，我们认定精神存在于整个宇宙之中却谁也没有触及过；已经接触到的只是被黑暗势力抓住的囚犯，囚禁、审问、判决、宣布，等等。这两个世界都是真实的，它们之间没有过渡。"

使我感兴趣的是，两者之间存在某种过渡这一想法，是否会有什么不该发生的事发生了。因为现在我们知道世界也有起源（不错，作为开玩笑，我要说我们是一直了解这一点的。我给大家举一个简单的例证，并且禁止大家去检验它。一旦万物没有了起源，那么广邈的时间早已消逝，我们也就不可能活到现在这一刻）我们还知道，或者说起码是科学地假设在一个黑洞的中心，一切的自然法则不再适用。既然所有的科学家们都或多或少地带有某种宗教色彩，而大多数宗教信徒都很少有完全不信科学的，因此我们发现人性充满了整个宇宙。科学智者们相信黑洞里面有可能会发生奇迹，而宗教领袖们则认为黑洞的外面就有奇迹。事实上，这两方面都相信会出现奇迹。光荣归于万能的上帝，你们在我身上可以看到悲观主义色彩并没有减弱。大家所面临的更大的危险，是一个古板的校长也许走了神，忘了他是在对一个班的学生讲课。70岁的人也许容易这样认为，他什么都经历过，因此什么都懂。他会认为寿命的长短就是智慧的保证，是发表高论的资本。在他看来，莎士比亚和贝多芬正值五十二三岁的壮年就离开了人世，实在是太可惜了。像那样的青壮年人能知道多少东西呢？不过到了午夜，当时钟敲响，新的一年又开始的时候，也许他会一反常态，为自己年龄增大所带来的不便感到沮丧。也许会对某一句被公认为富有诗意的句子——某个年轻人偶尔想到的句子仔细推敲。因为他从来也不觉得自己的年龄足以使他把生活的种种疑难问题解决掉。他写道："人们必须容忍/他们这样地走下去/也许有一天他们会重新回头"。这种想法最能形容一个老人内在的欢乐本性。一个老人企图寻求愉快，这与他的垂暮之年有什么不相宜之处吗？然而，一位英国诗人却对此进行了责难：

　　大卫、所罗门，
　　　花天酒地，妻妾成群；
　　晚景凄凉，不堪困窘，
　　　留下箴言，告诫世人。

诗的权威性，当是无可非议的，但对这一点却有两种截然不同的看法：刚才我给诸位引证的，是几句普遍认为充满诗意的散文体法，现在我再给大家引用我写的几句诗：

　　索福克勒斯，杰出的雅典人，
　　临终时曾经说，心中的爱已经覆灭，
　　好似逃脱猛兽之口，
　　还有比这更好的吗？
　　他说这害己的是耄耋之年，
　　可那位朗克洛，
　　被问到同一问题时，
　　却说不对，母亲虽高寿，
　　她的慈祥可亲却有增无减。

　　显然，岁月的流逝不一定能使我们的智慧之花枯萎，陈规陋习也无法使丰富多彩的个性失去光彩。眼下，我们不必过分严肃，但须考虑周全。我个人正面临着另一种危险，我不会说小部落的语言，而在尼日利亚这样的国家，部落语言不下 600 种之多。当然任何一种语言的价值，都是不可估量的。1979 年的希腊桂冠诗人埃利蒂斯曾明确指出文学作品的相对价值，是无法按赞成人数的多少来计算的。这一点我相信，这是对评委会的最高颂词，他们不计读者的多或寡，而是坚持不懈地发掘作品的内在价值。约翰·济慈曾这样评论过那些希腊诗人："他们安详地长眠在茵茵的绿草底下，为一个弱小的民族留下了伟大的篇章。"此话千真万确，弱小有时也是美丽的。再引用另一位诗人的话——虽然我只是个散文作者——这样大家就可以从中领略到我此刻的心情——本·琼森曾写道：

　　这不是森森大树参天，
　　却叫人心旷神怡，
　　也不是三百年古橡树，
　　一朝被伐、干裂、枯萎。
　　五月多娇艳，
　　那一夜香销玉殒迅如闪电，
　　美妙绝伦恰似昙花一现，
　　美满的生活，寥若晨星。

我使用的语言是英语，使用英语写作的诗人、作家层出不穷，使用其他任何一种语言的作家，不论古今，相比之下从数量上来说就会相形见绌。然而在今天，一种语言使用过于广泛，比起使用过于狭隘却是弊大于利——犹似橡树而不似百合。它已传遍全世界，广告、导航、科学、谈判、讨论，不胜枚举。每天总有上百个政治团体，用英语滔滔不绝发表议论，也许一种语言被滥用至此，结果是被异化，失去了它原有的特色，如果一个人用英语说话，也许会认为只是在对少数几个头面人物，或是家庭成员或是老朋友说话；或者是大声地自言自语，或者是在梦呓之中。可是，后来他却发现，不知不觉之中是在对世界上一大部分地区里的人在说话。想到这些不由令人心凉。从今年的情况看，美国的桂冠诗人占压倒多数，而英国作家只有我一人。值得庆幸的是，虽然我的母语被普遍使用，而且使用的人数超过了远在欧洲西海岸的英伦三岛，然而他们所说的却仍是正宗英语的各种方言俚语。就我个人而言，我无法确认这么多的语种，将会因为彼此间的距离变得不易理解，这还是会因为电视和人造卫星的媒介而日益统一起来。但是，目前英语作家所面临的问题是，如何使作品易于理解，避免使几亿读者处于一知半解的境地。文学评论家的人数，也会因为看懂作品的人数受到限制而发展困难，连他们也逃脱不了变坏的境遇。不管他搜肚刮肠地写出来的文章多么晦涩难懂，总会有记者——我们姑且称他为"X"——把文章和一份义愤填膺的评论一起寄来，说他——"X"，曾经是一个活的靶子，如今成了死的靶子，竖在一排排密密麻麻的射手前供他们任意瞄准。就是我那些最有声望、最杰出的同胞和获奖作家，如温斯顿·丘吉尔，也未能逃脱这一厄运。当时针对丘吉尔获奖一事有位评论家曾尖刻地评论过，说他获奖的事实"不知是奖赏他的诗歌还是奖赏他的散文？"确实，像这一类的观点我也听到过，对我来说，甚至于更难想象，就是说写这篇演说词，它比起我少年时代在学校老师规定的题目写的任何一篇文章都难。唯一的差别是，我今天是在一张大书桌上写，而且获得的成绩将在更大范围内公布。

　　现在，人们也许会问：讲话的这个人什么时候谈到正题呢？他应该多讲讲小说才是！当然，过会儿，只一会儿，我就会言归正传的。事实上，虽然每一个获奖的作品都各有其独到之处，但决不能把它们孤立起来看待。即便是小说，如果一登上象牙之塔，那么除了少许几个登峰造极的之外，则无读者可言。阳春白雪，曲高和寡。

我过去一直认为小说的前景是不乐观的。下面我再引用一段我本人的作品。这一次讲的是男孩子们的成长——并不专指某个特殊男孩，而是泛指。

男孩子们不看重书本，他们往往把书本分成几类：有讲性欲的、战争的、或是西部片、讲旅游的和科幻的。男孩子宁愿毫无选择地接受他所熟悉的那一部分书，而不肯费心去尝试另一陌生的部分。他在瓶子上贴上标签，只有确认它就是从前同样的这种试剂时，才会使用。必须把所有的侦探小说都装进一只绿纸盒里，否则就会可能要遭罪，误读一本毫无谋杀情节的书。——我总是在琢磨那些忙忙碌碌的事务主义者，我们中大多数是和蔼可亲、天分不高、才智平平的庸人；好脾气，有修养，然而在一大堆未经分析的事实面前，凭着手头一些零零碎碎的技术，就显得束手无策。真正的文学作品，其受欢迎的程度，与那些无时无刻都在变换花样供人们消遣的娱乐方式是无法比拟的。我看不出文学作品有什么了不起，只不过是些简单、不断重复的傻话，只有当电视上没有西部片时，才拿出来换换胃口。毫无疑问，比起19世纪的前辈来，他们的生活要比我们文明得多，他们不再盲从，他们不再恐惧。但正如劣币驱逐良币，劣等的文化代替了优等的文化。随着作出各种价值判断所必需的能力的一天天衰败、减弱，诗歌、纯文学作品、剧本和揭示新生活的小说又会有什么远大的前程呢？

这段话是我在20年前写的，我认为，就小说而言，整个状况是发展了，但不是向好的方向发展。各种体裁、分类日益明确，来自其他媒介的竞争亦愈演愈烈。总之，小说并无内在的永恒性。

当然，"故事"则是另一回事。大家爱听一连串连续故事，而且正如我们一位新闻检查员所申明的，兴趣局限于这些事件的点点滴滴是否都是真实，就如已故的山姆·戈德温想写一本有关地震的故事，然后逐步引向高潮。大家都喜欢故事情节扣人心弦，但又都盼望有个大团结的结局。最简单而直截了当的是——当孩子由于某些恶作剧行为而大哭大闹时，大人就立即把他们拉到身边，先是大声斥责，而后开始讲故事"从前如何如何"，这时他们准能立即安静下来，专心致志地听着。故事永远伴着我们。但是书中出现的实际故事，或是说西方人心目中的"故事"又是什么呢？当然，如果形式不当就不能算是。我们已经够麻烦的了，生活、艺术、文学、复杂纷乱，无法把各种过时了的形式再包容下来，也无必要用拜占庭式古老而无味的东西来麻烦自己。不错，在这种情况下，让小说靠边儿站吧。但是会产生什么后果呢？

当然某种对人类精神生活至关重要的东西也许会随之而消失！一部小说，可以先看前面，也可以先看后面，各人可按自己地阅读速度从容不迫地看，甚至读上一遍又一遍，前后来回跳跃。书中所叙的故事情节大多朴实耐看，笔触良好，且有指导意义，不随意取舍，而是由低潮逐渐转向高潮，步步发展，延续于整个生命历程。

倘若把小说简单地置身于我们和一个冷若冰霜的统计员之间，没有其他任何东西能使这两件截然不同的人可以长时期的、密切地相处在一起。这就是小说的功劳。它的作用不在于挽救和维护一个人的个性尊严，而是能保持男人、女人和孩子的各自特色。我认为，任何一种其他的艺术形式，都无法如此细腻地刻画人物的外表和内心，使他活生生地展现在眼前。小说起码可以把一个人明显地从亿万民众中区别出来。我曾说过象牙塔以及我们各项研究的重要性。现在，关于小说我还想再添上一句——这些研究都把文学与安逸撮合在一起。坦率地说我们面临着两个问题——要么我们自己把自己从地球上消灭掉，要么一步步地蚕食地球所赋予的财富，直至把它毁了。需要小说作者来向你指出这些冷酷的现实是如何相互排斥的吗？对其中一个问题，一个不久即将发生的灾难，不打算在这里讨论。假如我把这个讲坛变成为表演高谈阔论的反对核武器的舞台是不负责任的，然而在历史的这个节骨眼上避而不谈我们面临的危险同样也是不负责任的。对这些危险大家和我一样清楚。往往当不宜谈论的事被谈论，不宜考虑的事正在考虑时，我就会转向莎士比亚，这里我只想引用思想巨人哈姆莱特的一段话：

你没有留下一个笑话，讥笑你自己吗？这样垂头丧气了吗？现在你给我到小姐的闺房里去，对她说，凭她脸上的脂粉擦得一寸厚，到后来总要变成这个样子的；你用这样的话告诉她，看她笑不笑吧。

也许我对夫人有些不公道，因为有各种各样的头脑，不同性别的头脑，我又扯得太远了。引用世俗小说或是抒情诗的某些段落，都无法揭示出问题的实质。我必须对这种危险发表自己的意见，而且已经说了，这是我力所能及的事。现在从事物本身来看，我也算是尽了力。

难以克服的是另一种危险。引用另一位桂冠诗人的话来说，我们人类不会一下子毁灭，而是将慢慢地无声无息地被毁灭。也许是在20世纪70年前而不是在20世纪60年前，我第一次发现并置身于这个奇妙的土地上。它位于我的祖国的西海岸，在犬牙交错的岩岸边，我忽然发现了地球月亮和太阳，它们在奇妙地相互影响着,为此我感到无比的兴奋。当我最后证实了从科学上来说无法使某个行动在远距离之外受到影响,当月亮处在某一个特定的部位,海潮比任何时候落得都低,海岸会露出一块凹陷,我记得那是一处洞穴。岸石中间的积水潭里,常常聚集着这样那样的生命。但是这个水潭,位置特别低,看来只在受到天体运行的影响才露了出来,这种情况在我度假时的凹潭边也看见过一两次。在这个深潭里,曾有过别处难以见到的许多奇怪的生物(在游向深不可测的大海之前),我现在可以清晰地记起并感受到这一切,可惜无法表达那种特殊的吸引力,兴奋,而且不,不是同情心,也不是好奇心,而是一种发现某种生物的全部秘密和它的奇妙之处时所引起的热情。它应该是或者是和我一样活生生的生命。似乎宇宙和中心就在那里,看得见,摸得着。仅在数英寸以外的静水中,花开花谢,由绿变紫,不仅是一种乐趣、消遣,而且是活生生的新的发现。它们是有生命的,我们彼此喜爱,直到海水的第一层细浪将它们吞没。暑假一结束,我又回到了老地方,远远地离开了大海,心中珍藏着对那个洞穴的美好记忆——不,从某种意义上讲,我是把那个洞穴以及见到过的那些奇妙的珍品一起带了回来。我依靠回忆月亮在落潮时的形状和那些在岩石草丛中蜿蜒爬行的小生命,来驱散心中的恐惧,度过了多少个不眠之夜。我常感到虽身处异地,却好像仍站在洞穴前望着月光洒在落潮上,波光粼粼,仿佛看见大千世界的绝妙之处而感到无比欣慰。

　　自那以后,我一直未再去过。那个积水潭——现在看来不过是个水潭——如今仍在那儿,而且在水位较低的落潮时刻,如果把腰弯得低一点,仍可望清里面的一切。可惜的是,里面再也没有什么生物了,只是一潭清澈见底的积水。沙粒、岩石、积水,如此而已。那些生物曾经盘踞过的地方,已被磨出了两个洞,就像两只眼窝,也许你会觉得在观察一个骷髅而伤感。生命不存在了。

　　这就是生命的自然进程吗?石油是这样形成的吗?难道是那些垃圾和化学污物毁坏了我童年的梦境吗?我无法得到解释,也得不到解释。重要的是,从这个简单的例子中,可以看出我们人类是如何在耗竭这个唯一赖以生存的地球的。

　　如今,文学对此有何妙计呢?我们有计算机,有人造卫星;我们有最高级的宇宙飞船,可以把某种复杂的机器安放到遥远的星球上,以回收信号。诸如此类,不胜枚举。这一切诸位都知道,甚至比我懂得多。文学只有语言词汇，一种类似开山斧、铜凿子这些人类第一次用来在岩石上雕琢自己的形象时所使用的最原始的工具。这种工具所制造出来的产品，与硅谷生产的精品相比，自然是相形见绌。但请记住丘吉尔，因为尽管文艺评论家的百般挑剔，他还是获得了诺贝尔文学奖，而这并不为诗歌也不为散文。他的获奖完全是由于一页用词简朴的叙事作品。因为那些是真正能表达人类的战胜和藐视一切困难的充满真情的言词。那些从战争中过来的人们，知道是丘吉尔的诗作为一种精神而改变了整段历史面貌。

　　如此说来，那把黄铜凿子还不算太坏。文学，通过不断地发展技巧，赋予热情和作家碰上的好运气，证明它可以成为世界上最有威力的东西。它们可以使人们相互交谈，某些文字不仅能表达作家的意图，还能传达世界上相当一部分人的思想。文字使人们能主动与别人攀谈，大街上的人与他的朋友谈话，直到细微的涟漪变成滔天大浪，冲击着每个民族——从常识上来说，出于正常的谨慎态度，一般统治者无法否认的谈判潮流已经形成，只有这样才能做到一国与一国之间的相互交流，就有希望学会有节制、有远见，不向大自然索取非分之财。书籍、故事、诗歌、演讲，这一切能使我们每一个关心人类发展的人，逐步走向一个没有战争威胁的、有远见的理智世界。这一切靠正面的宣传是无法办到的，至少我本人不行，无法即刻写出几个故事来帮助人类认识到自己的所作所为是否得当；但是有些人能行，更多的关怀，更多的爱。有些人希望有某种政治制度来创造这一切；而另一些人则希望用爱来创造这样一种体制。我的信念是：人类的前途在于这一二者之间。因此我们的行为举止必须符合人道主义精神，谨慎从事，慷慨大度，十分明智，这样就会发现对我所居住的这个星球的资源的无情掠夺是多么荒唐的事。

　　因为我们是上帝创造的奇迹，我特别怀念一位杰出的女性，她就是距今已经500余年的挪威人朱莉安娜。她曾被魔力所控制，魔鬼将一颗东西放在她的手掌上，只有胡桃大小。魔鬼告诉她这就是地球。魔鬼把这个地球上所要发生的所有千奇百怪的、惊天动地的和令人沮丧的事都告诉了她。最后，有一个声音对她说，这些事都会过去的，所有的生物安然无恙，地球上的一切将会变得更好。

　　现在，我们虽然无鬼神附体，也仍在观察我们的地球，我们的父亲，我们的母亲——大地女神盖娅，她就像浩邈宇宙中的一颗熠熠发光的钻石。我们没有理由认为她的财富是取之不尽的，她的面积是漫无边际的。我们都是这颗放射着蓝光的钻石的子孙,通过大地母亲我们都成为整个太阳系的一分子,从而成为宇宙的一分子。在这个充满诗情画意的事实里,我们都是各个星球的子孙。

我总觉得我还是下来的好。丘吉尔、朱莉安娜,更不用说本·琼森和莎士比亚了——天哪,这都是一群多么杰出的人物啊!声名鹊起名噪一时,终于有了辉煌的一天。还有那位最讲实际的人,尤里乌斯·恺撒——我总是想起他,内中的原因也许诸位能猜得着,因为陆军元帅恺撒大人——尤里乌斯·恺撒据说是一直以带着桂冠来遮盖他头上的秃顶的。当人们认为应该以桂冠来赞扬桂冠诗人时,诗人本人也许最清楚他的桂冠能遮盖什么,不止是秃顶。这就是说,他决不能对自己的成就过分认真。好在总有某个神灵——我不想指出是那一位——提醒我必须认识到自己在包罗万象的大千世界中是多么的渺小。就在得知自己成为1983年度文学奖得主的那天,我驱车来到一个小镇,把车停在一个不适当的地方。汽车在那儿只放了几分钟,可是当我回来时却发现车窗上已贴了罚款单。一位女交通警察,面带怒容地站在车旁。她指着对面墙上贴着的告示,说:"你看不懂吗?"我只得灰溜溜地钻进汽车,慢慢地转过街角。我看见两名警察站在人行道上,就远远地站在对面,取出塑料袋里的停车单。他们穿过马路向我走来,当我询问因有要事可否能当场付清罚金然后直接去市政厅。其中一位警察说:"不行,不能这样做。"他说这番话时面带微笑,这种笑容只有见到那些有点愚蠢但显然是无意犯了过错的人才有的。他用手指指罚款单上那块标有寄车人姓名和住址的方格,说:"你得把自己的姓名住址填在这儿,开一张10英镑的支票,按所写地址付停车场管理员,然后在信封上注明相同的地址,在右手上方贴上一张16便士的邮票寄出。最后我们要衷心地祝贺您荣获诺贝尔文学奖。"

人们一思索,上帝就发笑(1985年)

昆德拉

事件背景

米兰·昆德拉,著名作家,被誉为"欧美最杰出和始终最为有趣的小说家之一"。主要作品有小说《笑忘录》、《生命中不能承受之轻》、《生活在别处》、《不朽》等，以及理论著作《小说的艺术》。

这篇演讲是1985年春，米兰·昆德拉被授予耶路撒冷文学奖时的演讲词。

以色列将其最重要的奖项保留给世界文学，绝非偶然，而是传统使然。那些伟大的犹太先人，长期流亡国外，他们所着眼的欧洲也因而是超越国界的。对他们而言，"欧洲"的意义不在于疆域，而在于文化。尽管欧洲的凶蛮暴行曾叫犹太人伤心绝望，但是他们对欧洲文化的信念始终如一。所以我说，以色列这块小小的土地，这个失而复得的家园，才是欧洲真正的心脏。这是个奇异的心脏，长在母体之外。

今天我来领这个以耶路撒冷命名、以伟大的犹太精神为依归的奖项，心中充满了异样的激动。我是以"小说家"的身份来领奖的，不是"作家"。法国文豪福楼拜曾经说过，小说家的任务就是力求从作品后面消失。他不能当公众人物。然而，在我们这个大众传播极为发达的时代，往往相反，作品消失在小说家的形象背后了。固然，今天无人能够彻底避免曝光，福楼拜的警告仍不啻是适时的警告：如果一个小说家想成为公众人物，受害的终归是他的作品。这些小说，人们充其量只能当是他的行动、宣言、政见的附庸。

小说家不是代言人。严格说来，他甚至不应为自己的信念说话。当托尔斯泰构思《安娜·卡列尼娜》的初稿时，他心目中的安娜是个极不可爱的女人，她的凄惨下场似乎是罪有应得。这当然跟我们看到定稿大相径庭。这当中并非托氏的道德观念有所改变，而是他听到了道德以外的一种声音。我姑且称之为"小说的智慧"。所有真正的小说家都聆听这超自然的声音。因此，伟大的小说里蕴藏的智慧总比它的创作者多。认为自己比其作品更有洞察力的作家不如索性改行。

可是，这"小说的智慧"究竟从何而来？所谓"小说"又是怎么回事？我很喜欢一句犹太谚语："人们一思索，上帝就发笑。"这句谚语带给我灵感，我常想象拉伯雷有一天突然听到上帝的笑声，欧洲第一部伟大的小说就呱呱坠地了。小说艺术就是上帝笑声的回响。

为什么人们一思索，上帝就发笑呢？因为人们愈思索，真理离他愈远。人们愈思索，人与人之间的思想距离就愈远。因为人从来就跟他想象中的自己不一样。当人们从中世纪迈入现代社会的门槛，他终于看到自己的真面目：堂吉诃德左思右想，他的仆役桑丘也左思右想。他们不但未曾看透世界，连自身都无法看清。欧洲最早期的小说家却看到了人类的新处境，从而建立起一种新的艺术，那就是小说艺术。

16世纪法国修士、医师兼小说家拉伯雷替法语创造了不少新词汇，一直沿用至今。可惜有一字被人们遗忘了。这就是源出希腊文的Agelaste，意指那些不懂得笑，毫无幽默感的人。拉伯雷对这些人既厌恶又惧怕。他们的迫害，几乎使他放弃写作。小说家跟这群不懂得笑的家伙毫无妥协余地。因为他们从未听过上帝的笑声，自认掌握绝对真理，根正苗壮，又认为人人都得"统一思想"。然而，"个人"之所以有别于"人人"，因为他窥破了"绝对真理"和"千人一面"的神话。小说是个发挥想象的乐园。那里没有人拥有真理，但人人有被了解的权利。在过去400年间，西欧个性主义的诞生和发展，就是以小说艺术为先导的。

巴汝奇是欧洲第一位伟大小说的主人翁。他是拉伯雷《巨人传》的主角。在这部小说的第三卷里，巴汝奇最大的困扰是：到底要不要结婚？他四处云游，遍寻良医、预言家、教授、诗人、哲人，这些专家们又引用希波克拉底、亚里士多德、荷马、赫拉克利特和柏拉图的话。可惜尽管究经皓首，到头来巴汝奇还是决定不了应否结婚。我们这些读者也下不了结论。当然到最后，我们已经从所有不同的角度，衡量过主人翁这个既滑稽又严肃的处境了。

拉伯雷这一番旁征博引，与笛卡儿式的论证虽然同样伟大，性质却不尽相同。小说的智慧跟哲学的智慧截然不同。小说的母亲不是穷理尽性，而是幽默。

欧洲历史最大的失败之一就是它对于小说艺术的精神，其所揭示的新知识，及其独立发展的传统，一无所知。小说艺术其实正代表了欧洲的艺术精神。这门受上帝笑声启发而诞生的艺术，并不负有宣传、推理的使命，恰恰相反。它像佩内洛碧那样，每晚都把神学家、哲学家精心纺织的花毯拆骨扬线。

近年来，指责18世纪已经成为一种时尚。我们常常听到这类老生常谈："俄国极权主义的恶果是西欧种植的，尤其是启蒙运动的无神论理性主义，及理性万能的信念。"我不够资格跟指责伏尔泰的为苏联集中营负责的人争辩。但是我完全有资格说："18世纪不仅仅是发明卢梭、伏尔泰、霍尔巴哈的，它也属于甚至可能是全部费尔丁、斯特恩、歌德和勒卢的。"

18世纪的小说之中，我最喜欢劳伦斯·斯特恩的作品《项迪传》。这是一部奇特的小说。斯特恩在小说的开端，描述主人翁开始在母体里骚动那一夜。走笔之际，斯特恩突来灵感，使他联想起另外一个故事。随后上百页篇幅里，小说的主角居然被遗忘了。这种写作技巧看起来好像是在耍花枪。作为一种艺术，技巧决不仅仅在于耍花枪。无论有意还是无意，每一部小说都要回答这个问题。

"人的存在究竟是什么？其真意何在？"

斯特恩同时代的费尔丁认为答案在于行动和大结局。斯特恩的小说答案却完全不同：答案不在行动和大结局，而是行动的阻滞中断。

因此，也许可以说，小说跟哲学有过间接但重要的对话。18世纪的理性主义不就奠基于莱布尼兹的名言："凡存在皆合理。"

当时的科学界基于这样的理念，积极去寻求每样事物存在的理由。他们认为，凡物都可计算和解释。人要生存得有价值就得弃绝一切没有理性的行为。所有的传记都是这么写的：生活总是写满了起因和后果，成功与失败。人类焦虑地看着这连锁反应，急剧地奔向死亡的终点。

斯特恩的小说矫正了这种连锁反应的方程式。他并不从行为因果着眼，而是从行为的终点着手。在因果之间的桥梁断裂时，他优哉游哉地云游寻找。看斯特恩的小说，人的存在及其真意何在要到离题万丈的枝节上去寻找。这些东西都是无法计算的，毫无道理可言，跟莱布尼兹大异其趣。

评价一个时代精神不能光从思想和理论概念着手，必须考虑到那个时代的艺术，特别是小说艺术。19世纪蒸汽机问世时，黑格尔坚信他已经掌握了世界历史的精神。但是福楼拜却在大谈人类的愚昧。我认为那是19世纪思想界最伟大的创见。

当然，早在福楼拜之前，人们就知道愚昧。但是由于知识贫乏和教育不足，这里是有差别的。在福楼拜的小说里，愚昧是人类与生俱来的。可怜的爱玛，无论是热恋还是死亡，都跟愚昧结下了不解之缘。爱玛死后，郝麦跟布尔尼贤的对话真是愚不可及，好像那场丧礼上的演说，最使人惊讶的是福楼拜他自己对愚昧的看法。他认为科技昌明、社会进步并没有消灭愚昧，愚昧反而跟随社会进步一起成长！

福楼拜着意收集一些流行用语，一般人常用来炫耀自己的醒目和跟得上潮流。他把这些流行用语编成一本辞典。我们可以从这本辞典里领悟到："现代人的愚蠢并不是无知，而是对各种思潮生吞活剥。"福楼拜的独到之见对未来世界的影响，比弗洛伊德的学说还要深远。我们可以想象，这个世界可以没有弗洛伊德的心理分析学说，但是不能没有抵抗各种泛滥思潮的能力。这些洪水般的思潮输入电脑，借助于大众传播媒介，恐怕会凝聚成一股粉碎独立思想和个人创见的势力。这股势力足以窒息欧洲文明。

在福楼拜塑造了包法利夫人80年之后，也就是我们这个世界的30年代，另一位伟大的小说家，维也纳人布洛克写下了这么句至理名言："现代小说英勇地与媚俗的潮流抗争，最终被淹没了。"

Kitsch这个字源于上世纪中之德国。它描述了不择手段去讨好大多数的心态和做法，既然想要讨好，当然得确认大家喜欢听什么。然后把自己放到这个既定的模式思潮之中。Kitsch就是把这种有既定模式的愚昧，用美丽的语言和感情把它乔装打扮，甚至连自己都会为这种平庸的思想和感情洒泪。

今天，时光又流逝了50年，布洛克的名言日见其辉。为了讨好大众，引人注目，大众传播的"美学"必然要跟"Kitsch"同流。在大众传媒无所不在的影响下，我们的美感和道德观慢慢也Kitsch起来了。现代主义在近代的含义是不墨守成规的，反对既定思维模式，决不媚俗取宠。今日之现代主义（通俗的用法称为"新潮"）已经融会于大众传媒的洪流之中。所谓"新潮"就得竭力地赶时髦，比任何人更卖力地迎合既定的思维模式。现代主义套上了媚俗的外衣，这件外衣就叫Kitsch。

那些不懂得笑，毫无幽默感的人，不但墨守成规，而且媚俗取宠。他们是艺术的大敌。正如我强调过的，这种艺术是上帝笑声的回响。在这个艺术领域里，没有人掌握绝对真理，人人都有被了解的权利。这个自由想象的王国是跟现代欧洲文明一起诞生的。当然，这是非常理想化的"欧洲"，或者说是我们梦想中的欧洲。我们常常背叛这个梦想，可也正是靠它把我们凝聚在一起。这股凝聚力已经超越欧洲的地域的界限。我们都知道，这个宽宏的领域无论是小说的想象，还是欧洲的实体是极其脆弱的，极易夭折的。那些既不会笑又毫无幽默的家伙老是虎视眈眈盯着我们。

在这个饱受战火蹂躏的城市里，我一再重申小说艺术。我想，诸位大概已经明白我的苦心。我并不是故意回避谈论大家都认为重要的问题。我觉得今天欧洲文明内外交困。欧洲文明的珍贵遗产——独立思想个人创见和神圣的隐私生活都受到威胁。对我来说，个人主义这个欧洲文明的精髓，只能珍藏在小说历史的宝盒里。我想把这篇答谢辞归功于小说的智慧。我不应再饶舌了，我似乎忘记了，上帝看见我在这儿煞有介事地思索演讲，他正在一边发笑。

地球是人类的唯一故乡（1988年6月11日）

竹下登

事件背景

竹下登，日本自民党前总裁，日本内阁前首相。

本文是竹下登在联合国大会上所作的演说。

我国由于广岛和长崎遭受原子弹的轰炸而蒙受了不能用言语来形容的悲惨灾难。最终消灭核武器是日本国民的夙愿。每年8月，我们都在广岛和长崎举行纪念会，重新下定决心，争取实现和平。

我们强烈要求拥有核武器的国家进行核裁军。

美苏之间签订的在全球范围内完全销毁中程导弹的条约开始生效，大幅度削减战略核武器的谈判也正在进行。我衷心欢迎两个超级大国对拥有的核武器库最高限量并予以削减的时代能真正到来，并希望继续努力推动谈判。

防止拥有核武器的国家增加，是极为重要的。我要求没有加入不扩散核武器条约的国家早日加入这一条约。

关于禁止核试验，我国在1986年就制定了交换地震波资料的计划，并进行了试验。我国为了在全世界建立核查核试验的制度、介绍试验的成就并呼吁参加这一制度，正考虑与联合国一起在我国召开国际会议。

在两伊战争等争端中使用了化学武器，实在令人遗憾。为了完全防止使用核武器，迫切的任务是禁止拥有和生产并在全世界范围内完全销毁核武器。我认为，应该竭尽全力，争取在日内瓦裁军会议上尽快地拟定完全废除化学武器条约。

关于常规武器的军备管理和裁军的问题，希望欧洲早日开始削减常规武器的谈判，朝着纠正常规武器不均衡的目标前进。

我认为，在军备管理和裁军方面有以下四点必须考虑。

第一，遏制和均衡。在维持遏制力量的同时，必须综合考虑整个兵器体系的均衡，均衡地降低军备的水平，提高有关国家的安全程度，对世界的和平与稳定作出贡献。

第二，特定地区的军备管理与裁军，必须充分考虑该地区的地缘政治学的条件和对其他地区的影响。

第三，军事情报的透明度。我认为，如果对方国家的军备等情报增大透明度的话，在促进谈判方面就能产生信赖，就能更客观更妥当地处理问题。

第四，实行有效的核查。为了保证执行军备管理和裁军的措施，一定要商定建立行之有效的核查制度。

自从43年前创建联合国以来，东西方之间一直保持着对立和紧张局势，争端从未间断。时至今日，世界各地仍有许多人在牺牲生命。

在亚洲，日苏之间的重要问题是解决北方领土问题。为了缓和朝鲜半岛的紧张局势和解决柬埔寨问题，我认为包括当事者在内的有关方面今后需要继续作出努力。

另外，为了使汉城奥运会平安无事地取得成功，日本将不惜力量予以合作。

我国在战后制定了以和平为自由为崇高理想的宪法，为坚决表示不再成为军事大国。今后也要在发展经济的同时，贯彻执行这一方针。可以说，这是打算迎接历史性的新挑战。我们向国内外声明：无核三原则是日本的国策，我们要坚持这种原则。

我深刻地意识到，随着国力的增强，我国应担负的责任越来越大。

我把"建设对世界有贡献的日本"作为竹下内阁的最大目标。至于如何实施这一基本方针，我现在讲一下我的想法——"关于国际合作的设想"。其中要特别谈谈"对和平的合作"。

第一，努力推进外交，以建立牢固的和平基础。在过去五年，我国曾就两伊战争问题单独同两个当事国进行过政治对话，不断为建设和实现和平环境作出努力。关于中东和平问题，最近拟派外相去该地区探讨我国可以作出贡献的办法。关于柬埔寨问题，为了使西哈努克亲王寻求和平的努力取得成果，我们准备尽量援助亲王。

第二，要对国际活动进行合作，以便防止发生争端。特别是在防止争端发生方面，联合国可以进行有意义的工作。这已写在预定于今年秋天举行的联合国大会上通过的"预防争端宣言"中。我国也要加强援助。

第三，积极参加努力争取解决争端的工作。迄今为止，曾经在资金方面实行过积极的合作。最近特别捐助的 2000 万美元，预定用于这方面的合作，特别是要把 500 万美元用于阿富汗。还考虑派遣人员参加有关方面的适当工作。可以设想的有关工作是指监督选举、运输、通信和医疗。为了和平解决和预防争端发生，建立联合国秘书长与有关国家不失时机地进行联络的通讯网，是至关重要的。

第四，加强对难民的援助。我特别要补充一点，为了帮助阿富汗难民自发地返回自己的家园，我们准备实行合作，其中包括在财政方面提供实际的援助。

第五，在援助复兴方面作出积极的贡献。我国不仅要在资金方面，而且要在人员方面作出贡献。为此，要利用日本国民的经验，要发挥日本国民的干劲。

从宇宙看地球，地球是全体人类唯一的故乡。必须把这个行星从大规模破坏性兵器可能造成的毁灭中拯救出来，以便使人们切实地感到这颗行星是自己的真正故乡。

现在，正是我们应该坚决把销毁核武器进而实行全面彻底裁军作为人类追求的最终目标的时候。为了使地球上不再存在受战争、饥饿和疾病折磨的人，为了把世界建设成一个富裕而和平的世界，让我们互相携手前进吧。

沙漠风暴行动计划已经开始（1991 年 1 月 16 日）

布 什

事件背景

乔治·布什美国第 41 任总统。1970—1973 年任美国驻联合国大使，后任驻中华人民共和国联络处主任。1976—1977 年任美国中央情报局局长。1980 年与里根搭档，当选为副总统，任职八年，1988 年竞选美国总统成功。

本文是布什在发动对伊拉克的海湾战争时,在沙漠风暴行动开始两小时之后,在白宫向全国发表的广播电视演说。

就在两小时之前,联合空军部队开始对伊拉克和科威特境内的军事目标发起进攻。在我讲话的此刻,进攻仍在继续。地面部队还没投入。

这一次冲击在去年8月2日伊拉克的独裁者侵入一个弱小无援的邻邦时就开始了。科威特——一个阿拉伯联盟成员国和联合国成员国——遭到了践踏;她的人民受到了残酷的对待。五个月以前,萨达姆·侯赛因对科威特发动了这场惨无人道的侵略战。今夜,(侵略与反侵略的)遭遇战已经打响。

这次军事行动是遵循联合国决议——也征得了美国国会的允诺而采取的,是几个月来联合国、美国和许多其他国家所进行的经常然而实际上是毫无结果的外交活动的必然结局。阿拉伯领导人所寻求的阿拉伯人的解决办法愈加清楚——最终的结论只是萨达姆·侯赛因不愿意撤离科威特。其他到巴格达的人也做过各种努力,试图恢复和平和正义。我们的国务卿詹姆斯·贝克在日内瓦举行了一次历史性的会谈——结果完全遭到了拒绝。上一周末,联合国秘书长心怀和平的渴望,前往中东,孤注一掷——开始他第二次这样的使命。然而,他从巴格达返回却根本未能在敦促萨达姆·侯赛因从科威特撤军方面取得丝毫进展。

现在,在海湾地区拥有部队的28个国家为了谋求和平解决已经竭尽全力、仁至义尽了,除了诉诸武力将萨达姆驱出科威特之外,别无选择。我们绝不会失败。

在我对诸位讲话的此时此刻,对伊拉克境内的军事目标的空中进攻也正在进行。我们决心摧毁萨达姆·侯赛因的核炸弹潜在力量,我们也将摧毁他的化学武器设备。萨达姆大量的大炮和坦克将被摧毁。我们的行动计划是通过破坏萨达姆庞大的军火库来最大限度地保护所有联合部队的军事力量。来自沙漠风暴联合部队司令施瓦茨科普夫上将的初步报告说,我们的行动正按顺序计划进行。

我们的目标很明确,萨达姆·侯赛因的军队必须撤离科威特。科威特合法政府必须恢复其合法地位,科威特应重获自由。伊拉克最后遵守联合国全部有关协议。而且,当和平重新来临,伴随着海湾的安全和稳定得到增强,我们从而也希望伊拉克将作为国际大家庭中和平合作的一员而存在。

有人会问：为什么现在采取行动？怎么不等一等？答案很清楚。全世界不能再等了。对伊拉克的制裁尽管产生了些微影响，但没有丝毫迹象表明能达到目的。制裁尝试进行了五个多月，我们和我们的同盟国终于明白了单纯的制裁不可能迫使萨达姆撤出科威特。

当全世界等待之时，萨达姆·侯赛因有条不紊地洗劫、掠夺、劫掠一个小小的国家，而他自己却没有受到一点威胁。他使科威特人民遭受到了用语言无法形容的暴行——这些被残害被屠戮的人之中，有的是天真无辜的孩童。

当世界等待之时，萨达姆企图为他现在拥有的化学武器库增加一种具有更大危险的大规模毁灭性武器——核武器。

还是当世界等待之时，当世界谈论和平撤军之时，萨达姆·侯赛因深沟高垒，并将大批军队移入科威特。

当世界等待之时，当萨达姆拖延之时，对第三世界脆弱的经济和东欧正在形成的民主政治，对包括我们自己的经济在内的整个世界，都正在造成更大的损害。

和联合国一道，美国竭尽了自己的一切力量想使这一危机得以和平解决。可是萨达姆清楚地觉得，通过拖延、威胁和公然反抗联合国，他会削弱一起反对他的军事力量。

当世界等待之时，萨达姆以公开的轻蔑来对待各种主动的和平倡议。当世界祈祷和平之时，萨达姆已做好了战争的准备。

我本来希望，在具有历史意义的论辩中，当美国国会采取果断行为的时候，萨达姆会明白，他不可能有胜利，从而根据联合国决议撤军科威特。他没有这样做。相反，他仍不让步，仍相信时机掌握在他手里。

一而再、再而三地警告萨达姆要尊奉联合国的旨意。主动撤离科威特还是被驱出科威特，萨达姆傲慢地拒绝了所有的警告。相反，他却试图在美伊之间制造这样一场争端。

好了，他失败了。今晚，来自欧洲和亚洲、非洲还有阿拉伯联盟等五大洲的28个国家在海湾地区拥有齐心协力对付萨达姆·侯赛因的军事力量。这些国家曾希望避免使用武力。令人遗憾得很，我们现在相信，只有武力才能迫使他撤离。

在命令军队投入战斗之前,我指示我们部队的指挥员要采取各种必要步骤,尽可能快地取得胜利,并且尽可能最大限度地保护美国人和联合部队的士兵和妇女。以前我曾告诉美国人民,这不会是又一个越南战场。今夜在这里我再一次重申这一看法。我们的部队将在全世界范围内赢得最大可能的支持,他们不必同背后其他掣肘的力量进行战斗。

我希望这场战斗不会持续太久,伤亡也将控制到绝对的最低限度。

这是一个具有历史意义的时刻。在过去的这一年,我们已经为结束这漫长的冲突的时代和冷酷无情的战争取得了很大进展。在我们的面前,为了我们自己也为了将来的子孙后代,我们有机会建造一个新的世界秩序——一个有法律准则而不是一堆混乱不堪的法律来支配国家行为的世界。

在我们成功的时候——我们会成功的——我们就有真正的天赐良机来建立这个新的世界秩序——在这一秩序中,可以信赖的联合国能够利用其保持和平的身份来履行联合国发起人的许诺和预见。

我们同伊拉克的人民并无争议——真的,为了这些天真无辜之人陷入了这场冲突,我祈祷他们平安。

我们的目标不是征服伊拉克,而是解放科威特。我希望伊拉克人民即使现在也可以想方设法说服他们的独裁者必须放下武器,撤离科威特。让伊拉克自己重建这个热爱和平的民族大家庭。

托马斯·佩恩在很多年前写道:"这是拷问人们灵魂的时代。"这些众所周知的言辞今天还是非常正确的。但是,即使当联合部队的飞机进击伊拉克之时,我也宁愿想到和平而不是战争。我相信,我们不仅会胜利,而且,因为战争我们还将认识到没有哪个国家能够对抗一个联合起来的世界,也决不允许任何国家蛮横粗暴地袭击它的邻邦。

任何一位总统都不会轻松地将我们的儿女们交给战争。他们是民族的精英。我们的部队完全是一支志愿军——训练有素,斗志昂扬。部队士兵都清楚他们何以来到这里。听听他们说的话,因为他们说的比任何总统和首相说过的都好。

听一听海军陆战队一等兵好莱坞·哈德莱斯顿的话吧。他说:"让我们解放了这些人,那么,我们就可以回家,再次自由了。"他说得对。萨达姆的追随者们对无辜的科威特人民所犯下的可怕罪行和所造成的苦痛是对全人类的侮辱,也是对一切自由的挑战。

148

听一听前线四位伟大军官之一的海军陆战队中校瓦尔特·布默的话吧。他说:"这是值得为之奋战的。一个对残暴和无法无天不加制止的世界不是我们想要居住的世界。"

听一听第28空军军士长 J. P. 肯德尔是怎么说的:"我们在这儿是为着比一加仑汽油价格更重要的东西。我们要做的是要勾画下一个世纪这个世界的远景。现在就同萨达姆这家伙打交道比五年以后再打交道要好。"

最后,陆军中尉杰姬·琼斯的话,我们都应该正襟危坐来听一听,她说:"如果这一次我们让他侥幸逃脱,谁知道接下来要发生什么事呢?"

我曾经要求好莱坞、瓦尔特、J. P. 和杰姬以及所有他们那些服役的勇敢的伙伴们去做该做的事情。今天晚上,美国和全世界都深深地感谢他们和他们的家庭。让我对今晚的每一位听众和观众说:"当我们派去参战的部队完成任务时,我一定尽可能快地让他们回国。"

今晚,当我们的军队作战的时候,他们和他们的家都在祈祷,上帝保佑每个人,保佑他们全体,也保佑站在我们一边的海湾联合部队——上帝会继续保佑我们的国家,美利坚合众国。

脱离黑暗的深谷(1994年5月)

纳尔逊·曼德拉

事件背景

纳尔逊·曼德拉(1918年—)南非曾是一片远离喧嚣的土地,自从17世纪以来,西方殖民者踏入这片土地上来,用枪炮奴役了这里的人民,他们残酷剥削当地人民,当地人民经过300多年的不懈斗争,终于重新找回了自己的主权。1994年5月10日,著名的黑人运动领袖纳尔逊·曼德拉宣誓就任民主新南非的总统。这里所选的是曼德拉总统就职演说的节选。

陛下、殿下、尊贵的嘉宾、同胞们、朋友们:

今天,我们会聚于此,与我国和世界其他地方前来庆贺的人士一起,对新生的自由赋予光明和希望。

　　这个强加给我们的悲剧太过漫长了，但这经验孕育出一个令全人类引以自豪的社会。

　　作为南非的一个土生土长的公民，我们日常的一举一动，都要为南非创造现实条件，去巩固人类对正义的信念，增强人类对心灵深处高尚品德的信心，以及让所有人保持对美好生活的向往。

　　对我的同胞，我可以坚定地说，我们每一个人都跟这美丽祖国的大地亲密地牢不可分，就如红木树之于比勒陀利亚，含羞草之于灌木林。

　　我们对这共同的家乡在精神上和肉体上有共同的感觉，当目睹国家因可怕的冲突而变得四分五裂，遭全人类唾弃、孤立，特别是它形成恶毒的意识形态时，我们的内心如此地痛苦。

　　我们南非人民，对全人类将我们再度纳入怀抱，感到非常高兴。不久之前，我们还遭全世界摒弃，而现在却能在自己的土地上，招待各国的嘉宾。

　　我们非常感谢我国广大人民，以及各方民主政治、宗教、妇女、青年、商业及其他方面领袖所作的贡献，使我们取得了上述的成就。特别功不可没的，是我的副总统——德克勒克先生。

　　治愈创伤的时候已经到来。消除分隔我们的鸿沟的时刻已经来临。创建的时机就在眼前。

　　我们终于取得了政治解放。我们承诺，会将依然陷于贫穷、剥削、苦难、受着性别及其他歧视的国人解放出来。

　　我们已成功地让我们千千万万的国人的心中燃起希望。我们立下誓约，要建立一个让所有南非人，不论是黑人还是白人，都可以昂首阔步的社会。他们心中不再有恐惧，他们可以肯定自己拥有不可剥夺的人类尊严——这是一个在国内及与其他各国之间都会保持和平的美好国度。

　　作为我国致力更新的证明，新的全国统一过渡政府的当务之急是处理目前在狱中服刑囚犯的特赦问题。

　　我们将今天献给为我们的自由而献出生命的作出牺牲的我国乃至世界其他地方的英雄。他们的理想现已成真，自由就是他们的报酬。

　　作为一个统一、民主、非种族主义和非性别主义的南非首任总统，负责带领国家脱离黑暗的深谷。我们怀着既谦恭又欣喜的心情接受你们给予我们的这份荣誉与权利。

　　我们深信，自由之路来之不易。我们很清楚，没有任何一个人可以单独取得成功。

因此，为了全国和解，建设国家，为了一个新世界的诞生，我们必须团结成为一个民族，共同行动。

让所有人得享正义。让所有人得享和平。让所有人得享工作和食物。让每个人都明白，每个人的身体、思想和灵魂都获得了解放，完全属于自己。

这片美丽的土地永远、永远、永远再不会经历人对人的压迫，以及遭全球唾弃的屈辱。对于如此光辉的成就，太阳永不会停止照耀。

让自由战胜一切。愿上帝保佑南非！

总统就职演说（2001年1月20日）

乔治·沃克·布什

事件背景

乔治·沃克·布什，美国第43任总统。1994年起任得克萨斯州州长，4年后获连任，是该州历史上第一位获得连任的人。这篇演讲是他的就职演说。

谢谢大家！

尊敬的芮恩奎斯特大法官、卡特总统、布什总统、克林顿总统，尊敬的来宾们，我的同胞们，这次权利的和平过渡在历史上是罕见的，但在美国是平常的。我们以朴素的宣誓庄严地维护了古老的传统，同时开始了新的历程。首先，我要感谢克林顿总统为这个国家作出的贡献，也感谢副总统戈尔在竞选过程中的热情与风度。

站在这里，我很荣幸，也有点受宠若惊。在我之前，许多美国领导人从这里起步；在我之后，也会有许多领导人从这里继续前进。

在美国悠久的历史中，我们每个人都有自己的位置；我们正在继续推动着历史前进，但是我们不可能看到它的尽头。这是一部新世界的发展史，是一部后浪推前浪的历史。这是一部美国由奴隶制社会发展成为崇尚自由的社会的历史。这是一个强国保护而不是占有世界的历史，是捍卫而不是征服世界的历史。这就是美国史。它不是一部十全十美的民族发展史，但它是一部在伟大和永恒理想指导下几代人团结奋斗的历史。

这些理想中最伟大的是正在慢慢实现的美国的承诺，这就是：每个人都有自身的价值，每个人都有成功的机会，每个人天生都会有所作为的。美国人民肩负着一种使命，那就是要竭力将这个诺言变成生活中和法律上的现实。虽然我们的国家过去在追求实现这个承诺的途中停滞不前甚至倒退，但我们仍将坚定不移地完成这一使命。

在上个世纪的大部分时间里，美国自由民主的信念犹如汹涌大海中的岩石。现在它更像风中的种子，把自由带给每个民族。在我们的国家，民主不仅仅是一种信念，而是全人类的希望。民主，我们不会独占，而会竭力让大家分享。民主，我们将铭记于心并且不断传播。225年过去了，我们仍有很长的路要走。

有很多公民取得了成功，但也有人开始怀疑，怀疑我们自己的国家所许下的诺言，甚至怀疑它的公正。失败的教育，潜在的偏见和出身的环境限制了一些美国人的雄心。有时，我们的分歧是如此之深，似乎我们虽身处同一个大陆，但不属于同一个国家。我们不能接受这种分歧，也无法容许它的存在。我们的团结和统一，是每一代领导人和每一个公民的严肃使命。在此，我郑重宣誓：我将竭力建设一个公正、充满机会的统一国家。我知道这是我们的目标，因为上帝按自己的身形创造了我们，上帝高于一切的力量将引导我们前进。

对这些将我们团结起来并指引我们向前的原则，我们充满信心。血缘、出身或地域从未将美国联合起来。只有理想，才能使我们心系一处，超越自己，放弃个人利益，并逐步领会何谓公民。每个孩子都必须学习这些原则。每个公民都必须坚持这些原则。每个移民，只有接受这些原则，才能使我们的国家不丧失而更具美国特色。

今天，我们在这里重申一个新的信念，即通过发扬谦恭、勇气、同情心和个性的精神来实现我们国家的理想。美国在它最鼎盛时也没忘记遵循谦逊有礼的原则。一个文明的社会需要我们每个人品质优良，尊重他人，为人公平和宽宏大量。

有人认为我们的政治制度是如此的微不足道，因为在和平年代，我们所争论的话题都是无关紧要的。但是，对我们美国来说，我们所讨论的问题从来都不是什么小事。如果我们不领导和平事业，那么和平将无人来领导；如果引导我们不引导我们的孩子们真心地热爱知识，发挥个性，他们的天分将得不到发挥，理想将难以实现。如果我们不采取适当措施，任凭经济衰退，最大的受害者将是平民百姓。

我们应该时刻听取时代的呼唤。谦逊有礼不是战术也不是感情用事。这是我们最坚定的选择——在批评声中赢得信任；在混乱中寻求统一。如果遵循这样的承诺，我们将会享有共同的成就。

美国有强大的国力作后盾，将会勇往直前。

在大萧条和战争时期，我们的人民在困难面前表现得无比英勇，克服我们共同的困难体现了我们共同的优秀品质。现在，我们正面临着选择，如果我们作出正确的选择，祖辈一定会激励我们；如果我们的选择是错误的，祖辈会谴责我们的。上帝正眷顾着这个国家，我们必须显示出我们的勇气，敢于面对问题，而不是将它们遗留给我们的后代。

我们要共同努力，健全美国的学校教育，不能让无知和冷漠吞噬更多的年轻生命。我们要改革社会医疗和保险制度，在力所能及的范围内拯救我们的孩子。我们要减低税收，恢复经济，酬劳辛勤工作的美国人民。我们要防患于未然，懈怠会带来麻烦。我们还要阻止武器泛滥，使新的世纪摆脱恐怖的威胁。

反对自由和反对我们国家的人应该明白：美国仍将积极参与国际事务；力求世界力量的均衡，让自由的力量遍及全球。这是历史的选择。我们会保护我们的盟国，捍卫我们的利益。我们将谦逊地向世界人民表示我们的目标。我们将坚决反击各种侵略和不守信用的行径。我们要向全世界宣传孕育了我们伟大民族的价值观。

正处在鼎盛时期的美国也不缺乏同情心。

当我们静心思考，我们就会明了根深蒂固的贫穷根本不值得我国作出承诺。无论我们如何看待贫穷的原因，我们都必须承认，孩子敢于冒险不等于在犯错误。放纵与滥用都为上帝所不容。这些都是缺乏爱的结果。监狱数量的增长虽然看是有必要的，但并不能代替我们心中的希望——人人遵纪守法。

哪里有痛苦，我们的义务就在哪里。对我们来说，需要帮助的美国人不是陌生人，而是我们的公民；不是负担，而是急需救助的对象。当有人陷入绝望时，我们大家都会因此变得渺小。

对公共安全和大众健康，对民权和学校教育，政府都应负有极大的责任。

然而，同情心不只是政府的职责，更是整个国家的义务。有些需要是如此的迫切，有些伤痕是如此的深刻，只有导师的爱抚、牧师的祈祷才能有所感触。不论是教堂还是慈善机构、犹太会堂还是清真寺，都赋予了我们的社会它们特有的人性，因此它们理应在我们的建设和法律上受到尊重。

我们国家的许多人都不知道贫穷的痛苦。但我们可以听到那些感触颇深的人们的倾诉。我发誓我们的国家要达到一种境界：当我们看见受伤的行人倒在远行的路上，我们决不会袖手旁观。